U0709572

纸老虎

用破一生心

北方联合出版传媒(集团)股份有限公司
万卷出版公司

目　录

辑四

辑五

辑一

面团儿是嫂嫂事先和好的，经过发酵，再加上一些黄豆面，搅拌两个鸡蛋和一点点白糖，上锅蒸好。吃起来又甜又香，外暄里嫩。家中每人分尝一块，其余的全都由我吃了。

碗花糕

　　小时候，一年到头，最快活的节日，要算是旧历年了。

　　这是亲人欢聚的日子。无论是外出做工，还是他乡行役，再远也要赶回来，达到阖家团圆。除夕之夜，灯官出巡，锣鼓喧腾，灯笼、火把亮如白昼，一家人都要观看的。回来后，便团团围坐，笑语欢谈；而且，不分穷家富户，到了这个晚上，都要尽其所能，痛痛快快地吃上一顿。母亲常说："打一千，骂一万，丢不下三十晚上这顿饭。"老老少少，任谁都必须熬过夜半，送走了旧年、吃过了年饭之后，再去睡觉。

　　我的大哥在县城当瓦工，一年难得回家几次，但是，旧历年、中秋节，却绝无例外地必然赶回来。到家后，第一件事，是先给水缸满满地挑上几担水，然后再抡起斧头，劈上一小垛劈柴。到了三十晚上，先帮嫂嫂剁好饺馅，然后就盘腿上炕，陪着父亲和母亲玩纸牌。剩下的置办夜餐的活，就由嫂嫂全包了。

　　全家人一无例外地都换上了新装，父亲戴上了一顶古铜色的毡帽，是哥哥从县城里新买的；嫂嫂为妈妈赶制了一件新的棉袍。屋子里，笑语欢腾，充满了喜庆的气氛。《笑林广记》上的故事，本是寥寥数语，虽说是笑话，但"包袱"不多，笑料有限。可是，到了父亲嘴里，敷陈演绎，踵事增华，就说起来有味、听起来有趣了。原来，他自幼曾跟"说书的"练习过这一招儿。他逗引大家笑得前仰后合，自己却顾自在一旁，"吧嗒、吧嗒"地抽着老旱烟。

我是个"自由民"，屋里屋外乱跑，片刻也停不下来。但在多数情况下，是听从嫂嫂的调遣。在我的心目中，她就是戏台上头戴花翎、横刀立马的大元帅。此刻，她正忙着擀面皮、包饺子，两手沾满了面粉，便让我把摆放饺子的盖帘拿过来。一会儿又喊着："小弟，递给我一碗水！"我也乐得跑前跑后，两手不闲。

到了亥时正点，也就是所谓"一夜连双岁，五更分二年"的标准时刻，哥哥领着我到外面去放鞭炮，这边饺子也包得差不多了。我们回屋一看，嫂嫂正在往锅里下饺子。估摸着已经煮熟了，母亲便在屋里大声地问上一句："（煮）挣了没有？"嫂嫂一定回答："挣了。"母亲听了，格外高兴，她要的就是这一句话。"挣了"，意味着赚钱，意味着发财，意味着富裕。如果说"煮破了"，那就不吉利了。

热腾腾的一大盘饺子端了上来，全家人一边吃一边说笑着。突然，我喊："我的饺子里有一个钱。"嫂嫂的眼睛笑成了一道缝儿，甜甜地说："恭喜，恭喜！我小弟的命就是好！"旧俗，谁能在大年夜里吃到铜钱，就会常年有福，一顺百顺。哥哥笑说，怎么偏偏小弟就能吃到铜钱？这里面一定有说道，咱们得检查一下。说着，就夹起了我的饺子，一看，上面有一溜花边儿，其他饺子都没有。原来，铜钱是嫂嫂悄悄放在里面的，花边也是她捏的，最后，又由她盛到了我的碗里。谜底揭开了，逗得满场哄然腾笑起来。

父母膝下原有一女三男，姐姐和二哥已相继去世；大哥、大嫂都长我二十岁，他们成婚时，我才一生日多。嫂嫂姓孟，是本屯的姑娘。哥哥常年在外，她就经常把我抱到她的屋里去睡。她特别喜欢我，再忙再累，也忘不了逗我玩，还给我缝制了许多衣裳。其时，母亲已经年过四十了，乐得清静，便听凭我整天泡在嫂嫂的屋里胡闹。后来，嫂嫂自己生了个小女孩，也还是照样地疼我爱我亲我抱我。有时我跑过去，正赶上她给小女儿哺乳，便把我也拉到她的胸前，我们就一左一右地吸吮起来。

嫂嫂留给我印象最深的，是她蒸的碗花糕。她有个舅爷，在京城某王府的膳房里，做过两年手艺，别的没学会，但做的一种蒸糕，却是出色当行。一次，嫂嫂说她要"露一手"，不过，得准备一个大号的瓷碗。乡下僻塞，买不着，最后，还是她回家把舅爷传下来的浅花瓷碗捧了过来。

面团儿是嫂嫂事先和好的，经过发酵，再加上一些黄豆面，搅拌两个鸡蛋和一点点白糖，上锅蒸好。吃起来又甜又香，外暄里嫩。家中每人分尝一块，其余的全都由我吃了。

蒸糕做法看上去很简单，可是，母亲说，剂量配比、水分、火候都有讲究。嫂嫂也不搭言，只在一旁甜甜地浅笑着。除了做蒸糕，平素这个浅花瓷碗，总是嫂嫂专用。她喜欢盛上多半碗饭，把菜夹到上面，然后，往地当央一站，一边端着碗吃饭，一边和家人谈笑着。

关于嫂嫂的相貌、模样，我至今也说不清楚。在孩子的心目中，似乎没有俊丑的区分，只有"笑面"或者"愁面"的感觉。小时候，我的祖母还在世，她给我的印象，是终朝每日，愁眉不展，似乎从来也没见到过笑容；而我的嫂嫂却生成了一张笑脸，两道眉毛弯弯的，一双水灵灵的大眼睛，总是带着甜丝丝的盈盈笑意。

不管我遇到怎样不快活的事，比如，心爱的小鸡雏被大狸猫捕吃了，赶庙会母亲拿不出钱来为我买彩塑的小泥人，只要看到嫂嫂那一双笑眼，便一天云彩全散了，即使正在哭闹着，只要嫂嫂把我抱起来，立刻就会破涕为笑。这时，嫂嫂便爱抚地轻轻地捏着我的鼻子，念叨着："一会儿哭，一会儿笑，小鸡鸡，没人要，娶不上媳妇，瞎胡闹。"

待我长到四五岁时，嫂嫂就常常引逗我做些惹人发笑的事。记得一个大年三十晚上，嫂嫂叫我到西院去，向堂嫂借枕头。堂嫂问："谁让你来借的？"我说："我嫂。"结果，在一片哄然笑闹中，被二嫂"骂"了出来。二嫂隔着小山墙，对我嫂嫂笑骂道："你这个闲×，等我给你撕烂了。"我嫂嫂又回骂了一句什么，于是，两个院落里，便伴随着一阵阵爆竹的震响，腾起了"叽叽嘎嘎"的笑声。原来，旧俗：年三十晚上到谁家去借枕头，等于要和人家的媳妇睡觉。这都是嫂嫂出于喜爱，让我出洋相，有意地捉弄我，拿我开心。

还有一年除夕，她正在床头案板上切着菜，忽然一迭连声地喊叫着："小弟，小弟！快把荤油罐给我搬过来。"我便趔趔趄趄地，从厨房把油罐搬到她的面前。只见嫂嫂拍手打掌地大笑起来，我却呆望着她，不知是怎么回事。过后，母亲告诉我，乡间习俗，谁要想早日"动婚"，就在年三十晚上，搬动一下荤油坛子。

嫂嫂虽然没有读过书，但十分通晓事体，记忆力也非常好。父亲讲过的故事、唱过的子弟书，我小时在家里"发蒙"读的《三字经》、《百家姓》，她听过几遍后，便能牢牢地记下来。我特别贪玩，整天跑到大沙岗上去玩耍。早晨，父亲布置下两页书，我早就忘记背诵了，她便带上书，跑到沙岗上催我快看，发现我浑身上下满是泥沙，便让我就地把衣服脱下，光着身子，坐在树荫下攻读，她就到沙岗下面的水塘边，把脏衣服全部洗干净，然后晾在青草上。

我小时候，又顽皮，又淘气，一天到晚总是惹是生非。每当闯下祸端，父亲要惩治时，总是嫂嫂出面为我讲情。这年春节的前一天，我和两个小伙伴，跟随着父亲，到土地庙去给土地爷进香上供。父亲在给土地爷叩过头之后，开始往设在外面的供桌上摆放猪肉块和点了红点的馒头，还有两样水果。这时，他用手指着庙门上的对联，叫我念。我一看，总共十个字，便分别上下联，念出："天地之大也"，"鬼神其盛乎"。父亲点了点头。

说着，他就先回去了，留下我在一旁看守着，防止供果被猪狗扒吃了，挨过一个半时辰之后，再将供品端回去，供家里人享用。所谓"心到佛知，上供人吃"。

可是，一个半时辰相当于三个小时，这是很难熬的。闲着没事，手发痒，我便想出了歪点子：从怀里摸出两个偷偷带去的"二踢脚"（一种爆竹），分别插在神龛前的香炉上，然后用香火点燃，只听"噼—啪"几声轰响，小庙里面便被炸得烟尘四散，一塌糊涂。我和小伙伴，却若无其事地站在一旁，欣赏着自己的"杰作"。

自以为神不知鬼不觉，哪晓得，早被邻人发现了，告到了我的父亲那里。我却一无所知，坦然地端着供品，溜回家去。看到嫂嫂等在门前，先是一愣，刚要向她炫耀我们的"战绩"，她却小声告诉我：一切都"露馅"了，势态很严重，你就等着屁股挨板子吧！见我有些紧张，不想进院子了，她便又出主意：见到父亲二话别说，立刻跪下，叩头认错。我依计而行，她则在一旁"爹长爹短"地叫个不停，赔着笑脸，又是装烟，又是递茶，父亲渐渐地消了气，叹说了一句："长大了，你能赶上嫂嫂一半，也就行了。"算是结案。

我四岁那年，正赶上夏季青黄不接，家里把刚刚收下的大麦稞，剪下穗头，用干净的布鞋底，在笸箩里搓下籽粒，然后煮成一锅大麦粥。我在外面玩饿了，一进屋就嗅到浓浓的麦香味，便操起饭勺子，想要从锅里舀出一碗。由于个头太小，勺子又大，舀出来一些全洒在胳膊和手上。滚开的米汁、饭粒烫得娇嫩的皮肤红肿一片，伤处灼痛难忍，我呜呜地哭叫着。正在屋后菜地里干活的妈妈和嫂嫂闻讯，慌忙地跑进来。嫂嫂一面哄着我，说"不哭，不哭，小弟——男子汉，不哭"；一面用舌头舔着我的伤处，舔过了脏兮兮的小手，又舔满是泥痕的胳膊，连续不断地反复地舔。说这是治烫解痛的祖传秘方，比上药都有效。舌头舔过的地方，湿润、温暖，皮肤有些放松，感觉灼痛确实减轻了许多。半天过去，灼伤的皮肤除了颜色稍红，既未见水疱，更没有溃烂，第二天就完好如初了。

我家养了一头大黄牛，哥哥中秋节回家度假时，常常领着我逗它玩耍。他头上顶着一个花围巾，在大黄牛面前逗引着，大黄牛便跳起来用犄角去顶，尾巴翘得老高老高，吸引了许多人围着观看。这年秋后，我跟着母亲、嫂嫂到棉田去摘棉花，顺便也把大黄牛赶到地边去放牧。忽然发现它跑到地里来嚼棉桃，我便跑过去，扬起双臂轰赶。那时，我只有三周岁，胸前系着一个花兜肚，没有穿衣服。大黄牛看我跑过来，以为又是在逗引它，便挺起了双角来顶我。结果，牛角挂在兜肚上，我被挑起四五尺高，然后抛落在地上，肚皮上划出了两道血印子，周围的人都吓得目瞪口呆，母亲和嫂嫂"呜呜"地哭了起来。

事后，村里人都说，我捡了一条小命。晚上，嫂嫂给我做了碗花糕，然后，叫我睡在她的身边，夜半悄悄地给我"叫魂"，说是白天吓得灵魂出窍了。

每当我惹事添乱，母亲就说："人作（读如昨）有祸，天作有雨。"果然，乐极悲生，祸从天降了。

在我五岁这年，中秋节刚过，回家休假的哥哥突然染上了疟疾，几天下来也不见好转。父亲从镇上请来一位姓安的中医郎中，把过脉之后，说怕是已经转成了伤寒，于是，开出了一个药方，父亲随他去取了药，当天晚上，哥哥就服下了，夜半出了一身透汗。

清人沈复在《浮生六记》中，记载其父病疟返里，寒索火，热索冰，竟转伤寒，病势日重，后来延请名医诊治，幸得康复。而我的哥哥遇到的却是一个"杀人不用刀"的庸医，由于错下了药，结果，第二天就死去了。人们都说，这种病即使不看医生，几天过后也会逐渐痊复的。父亲逢人就讲："人间难觅后悔药，我真是悔青了肠子。"

他根本不相信，那么健壮的一个小伙子，眼看着生命就完结了。在床上停放了两整天，他和嫂嫂不合眼地枯守着，希望能看到哥哥长舒一口气，苏醒过来。最后，由于天气还热，实在放不住了，只好入殓，父亲却双手捶打着棺材，破死命地叫喊；我也呼着号着，不许扣上棺盖，不让钉上铆钉。而后又连续几天，父亲都在深夜里，到坟头去转悠，幻想能听到哥哥在坟墓里的呼救声。

由于悲伤过度，母亲和嫂嫂双双地病倒了，东屋卧着一个，西屋卧着一个，屋子里死一般地静寂。原来雍雍乐乐、笑语欢腾的场面，再也见不到了。我像是一个团团乱转的卷地蓬蒿，突然失去了家园，失去了根基。

冬去春来，天气还没有完全变暖，嫂嫂便换了一身月白色的衣服，衬着一副瘦弱的身躯和没有血色的面孔，似乎一下子苍老了许多。其实，这时她不过二十五六岁。父亲正筹划着送我到私塾里读书。嫂嫂一连几天，起早睡晚，忙着给我缝制新衣，还做了两次碗花糕。可是吃起来，却总觉着味道不及过去了。母亲看她一天天瘦削下来，说是太劳累了，劝她停下来歇歇。她说，等小弟再大一点，娶了媳妇，我们家就好了。

一天晚上，坐在豆油灯下，父亲问她下步有什么打算。她明确地表示，守着两位老人、守着小弟弟、带着女儿，过一辈子，哪里也不去。

父亲说："我知道你说的是真心话，没有掺半句假。可是，——"

嫂嫂不让父亲说下去，呜咽着说："我不想听这个'可是'。"

父亲说，你的一片心情我们都领了。无奈，你还年轻，总要有个归宿。如果有个儿子，你的意见也不是不可以考虑；可是，只守着一个女儿，将来总是人家的人，孤苦伶仃的，这怎么能行呢？

嫂嫂说："等小弟长大了，结了婚，生了儿子，我抱过来一个，不也是一样吗？"

父亲听了，长叹一声："咳，真像'杨家将'的下场，七狼八虎，死的死，亡的亡，只剩下一个'囊囊揣'（当地土语，意为没有能耐）的杨六郎，谁知将来又能怎样呢？"

嫂嫂呜呜地哭个不停，翻来覆去，重复着一句话："爹，妈！就把我当作你们的亲闺女吧。"嫂嫂又反复亲我，问"小弟放不放嫂子走"，我一面摇晃着脑袋，一面号啕大哭。父亲、母亲也伤心地落下了眼泪。这场没有结果的谈话，暂时就这样收场了。

但是，嫂嫂的归宿问题，终竟成了两位老人的一块心病。一天夜间，父亲又和母亲说起了这件事。他们说，论起她的贤惠，可说是百里挑一，亲闺女也做不到这样。可是，总不能看着二十几岁的人这样守着我们。当老人的怎能干那种伤天害理的事呢？我们于心难忍啊！

第二天，父亲去了嫂嫂的娘家，随后，又把嫂嫂叫过去了，同她母亲一道，软一阵硬一阵，再次做她的思想工作。终归是"胳膊拧不过大腿"，嫂嫂勉强地同意改嫁了。两个月后，嫁到二十里外的郭泡屯。

我们那一带的风俗，寡妇改嫁，叫"出水"，一般都悄没声的，不举行婚礼，也不坐娶亲轿，而是由娘家的姐妹或者嫂嫂陪伴着，送上事先等在村头的婆家的大车，往往都是由新郎亲自赶车来接。那一天，为了怕我伤心，嫂嫂是趁着我上学，悄悄地溜出大门的。

午间回家，发现嫂嫂不在了，我问母亲，母亲也不吱声，只是默默地揭开锅，说是嫂嫂留给我的，原来是一块碗花糕，盛在浅花瓷碗里。我知道，这是最后一次吃这种蒸糕了，泪水刷刷地流下，无论如何，也不能下咽。

每年，嫂嫂都要回娘家一两次。一进门，就让她的侄子跑来送信，叫父亲、母亲带我过去。因为旧俗，妇女改嫁后，再不能登原来婆家的门，所谓"嫁出的媳妇泼出的水"。见面后，嫂嫂先是上下打量我，说"又长高了"，"比上次瘦了"，坐在炕沿上，把我夹在两腿中间，亲亲热热地同父母亲拉着家常话，像女儿见到爹妈一样，说起来就没完，什么都想问，什么都想告诉。送走了父亲、母亲，还要留我住上两天，赶上私塾开学，早晨直接送我到校，晚上再接回家去。

后来，我进县城、省城读书，又长期在外工作，再也难以见上嫂嫂一面了。听说，过门后，她又添了四个孩子，男人大她十几岁，常年哮喘，干不了重活，全副担子落在她的肩上，缝衣、做饭、喂猪、拉扯孩子、莳弄园子，有时还要到大田里搭上一把，整天忙得"脚打后脑勺儿"。由于生计困难，过分操心、劳累，她身体一直不好，头发过早地熬白，腰也直不起来了。可是，在我的梦境中、记忆里，嫂嫂依旧还是那么年轻，俊俏的脸庞上，两道眉毛弯弯的，一双水灵灵的大眼睛，总带着甜丝丝的盈盈笑意……

又过了两年，我回乡探亲，母亲黯然地说，嫂嫂去世了。我感到万分地难过，连续几天睡不好觉，心窝里堵得慌。觉得从她的身上得到的实在是太多太多，而我所回报的却是"空空如也"，真是对不起这位母亲一般地爱我、怜我的高尚女性。引用韩愈《祭十二郎文》中的话，正是"汝病吾不知时，汝殁吾不知日，生不能相养以共居，殁不能抚汝以尽哀，殓不凭其棺，窆不临其穴"，"彼苍者天，曷其有极！"

一次，我向母亲偶然问起嫂嫂留下的浅花瓷碗，母亲说："你走后，我和你爸爸加倍地感到孤单，越发想念她了，想念过去那段一家团聚的日子。见物如见人，经常把碗端起来看看，可是，你爸爸手哆嗦了，碗又太重，……"

就这样，我再也见不到我的嫂嫂，再也见不到那个浅花瓷碗了。

母亲的心思

一

　　矗立在我的眼前的，是坐落于渤海之滨熊岳城的望儿山。

　　在巨钟般的峻峭如削的山体的顶端，有一座高四五米的砖塔，远远望去，活脱脱地是一位披襟当风、翘首远望的老妈妈。远航归来的游子，只要抬眼望去，就会被这动人的形象牢牢地吸引住，油然生发出一种感慰之情，顿觉海上的风波、旅途的劳累消减了大半。他们晓得，老妈妈站在那里，是在远望着久出未归的儿子。"朝朝鹄立彩云间，石化千秋望子还"。

　　清代诗人魏燮均路过此地时，曾写诗咏叹：

　　　　　山下行人去不返，

　　　　　山上顽石心不转。

　　　　　天涯客须早还乡，

莫使倚间肠空断。

寥寥数语，令人恸心伤情，感怀无限。立刻，我想起了自己的母亲。

在我的心目中，母亲就是家，家就是母亲。母亲、故乡、童年紧紧地联系在一起。正如一位大作家讲的，人即使到了七十岁、八十岁，只要老母亲还在，便可以多少还有点儿孩子气。一个人，若是失去了母亲，便像鲜花插在瓶子里，虽然还有色有香，却已经失去了根柢。

在母亲永远离开我的时节，当时的感觉，就是花儿离开了泥土，鸟儿无家可归，一天到晚，忽忽悠悠，心神不宁，像辞柯的黄叶，飘飘摇摇，像懒散的白云，浮漫无根。

那天我正在北京出差，突然接到家里传来的母亲病故的电报，立刻，脑袋就轰地一下，感到一阵晕眩。尽管老母亲已过耄耋之年，平常身体也不怎么好，但这个噩耗毕竟还是来得过于突然，一时我竟哽咽得说不出一句话来，两腿像瘫痪了一样，好一阵子站立不起来。我的眼前，模模糊糊地映现出老母亲伛偻的身影，可是，瞬息间便消失了。我马上意识到，从此，便和母亲人天永隔，再见面只能在魂梦中了。

乘坐火车赶回去奔丧，心里乱成了一团，分辨不出快慢来，忘记了昏晓，也失去了饥渴的感觉，觉得整个身心特别地疲倦，却又片刻也睡不着，整个意念都沉浸在无边的悲戚和痛苦的回忆里。

二

父亲去世之后，母亲情怀抑郁，倍感孤寂，我护送她到三姨家里暂住一个时期。那是一个紧靠着辽河边的小村落，离县城大约有十华里。我们母子下了火车，来到县城。当时正处在"文革"初期，县里和农村都没有人管正事，群众临时在大堤上开辟一条道路，凸凹不平，还没有通公共汽车。我只好从朋友家里借了一台自行车，让母亲坐在鞍座上，我在前面推着。

可是，她从来没有这样坐过，生怕跌下来，便紧紧地搂抱住我的腰。我一面要推车前进，一面还要回头照看母亲，非常费力，汗水湿透了棉衣，呼呼地喘着大气。母亲怜惜我，多次让我停下来休息一会儿。我说，天气太冷，还是快一点赶路吧，不然，容易把老人家冻感冒了。这一段原本不算太长的路程，我们足足走了两个半小时。

吃过了晚饭，三姨就把我安顿在滚热的炕头上早早躺下。这一天我确实很累，但是，心里却最踏实、最舒坦——我终于帮助母亲做了一点事。可惜，对我来说，这类机会实在是太少了。

从我出生到母亲辞世，前后四十八年，可是，我在母亲身边不足二十年；剩下来的时间，就是母亲终朝每日的挂念、想念、忆念，为了我，母亲可说是耗尽了心血。到了晚年，老人家对我还没有照看完，又开始把她衰迈的精力投放到下一代身上。婚后，我们有了女孩儿，母亲爱怜备至。晚上搂在身旁，早晨起来，耐心地给她梳着小辫儿，扎着蝴蝶结、鸳鸯结、葫芦结，每天都变换一个花样。白天，像当年拉扯着我那样，领着小孙女从后园子转到前院，又从前院爬坡到沙岗上，到处转游着，讲各种各样的传说、故事，只是再也抱不动了。

看着老母亲苍苍的白发和伛偻的身躯，我想，她把整个一生都献给了儿孙。真个是："谁言寸草心，报得三春晖！"

母亲为我、为孩子们操劳了一辈子，而我长年在外，没有为老人尽过更多的孝心。即使我再苦再累，直到碎骨粉身，也难以酬报深恩大德于万一。

跟随我们进城之后，母亲没有地方同人唠嗑儿，加倍地感到孤独，时时想念着故里的乡亲。她经常催着小孙女给老家的亲朋故旧写信，每次都要在信尾捎上她的几句话。逢着有人自故乡来，她总是不知疲倦、不厌其烦地问长问短，从东邻的二婶、西院的三叔到屋后的枣树、门前的沙岗，都一一问遍。她说，最割舍不得的，是喝了几十年的门前那口井的甜水，从今以后，再也喝不到了。

老家来人的那几天，是她最快活、最精神的日子，白天也唠，晚上也唠，有时半夜醒来，还要接着唠个不停。几天过去，乡亲要回去了，她总要三番五次地挽留，舍不得放他们走开。

那时，家里还没有电视机，为了破除母亲的寂闷，我在工余之暇，常常到文化艺术馆去借一些母亲早年喜欢听的鼓词唱本，带回家去讲给她听。听着听着，她就抿着嘴乐了，脸上露出一种少见的笑容。

一次，听了我讲述《白蛇传》的故事之后，她高兴地插上了几句"子弟书"的唱词："千错万错都是卑人的错，望娘子海量且容宽，从今再不信和尚的话，白头相守永无嫌。"——这些都是从前听我父亲吟唱时记下来的。

有时，看我太忙腾不出工夫来，她就让我上了小学的女儿给她念，但小孙女毕竟识字有限，每当遇到一些陌生、难认的名字，像秦琼、哪吒、貂蝉、窦娥等就蒙住了，还要由老祖母在一旁提词儿。老人家却乐得这样，总是兴致勃勃地听过一遍，再听一遍；同时，不住声地夸赞小孙女能够"识文断字"了。

三

母亲去世前一年，我奉调到省城工作，这是和家人团聚几年之后，又一次远离家门。老人家当时身体已经很衰弱了，打心眼儿里不情愿我走，但是，她知道我是"公家人"，一身不能由己，最后还是忍痛放行了。告别时，久久地拉着我的手不放，一再地嘱咐："往后是见一次少一次了。只要能抽出身，就回来看我一眼。"听了，我的心都有些发颤，刷地眼泪就流了下来。后来听妻子说，我走后还不到一星期，母亲就问小孙女儿："你爸爸已经走一两个月了，怎么还不回来看看？"

　　每当听到人们唱《烛光里的妈妈》，我总是想，母亲所体现的正是一种红烛精神。为了子女，她不惜把自己的一切都化作烛光，直到燃尽最后一滴蜡泪。她慷慨无私，心甘情愿地承受着百般劳苦，不为名不为利，也不需要任何报偿。她唯一的希望，就是年迈之后，儿子、媳妇，孙儿、孙女，不要把她遗忘了。

　　她对个人生活的要求，十分简单，非常有限，什么锦衣玉食、华堂广厦，对她来说，并没有实际价值；她只是渴望，有机会多和儿孙们在一起谈谈心，唠唠家常，以排遣晚年难耐的无边寂寞。特别是喜欢回忆晚辈的一些儿时旧事，因为老年人整天都生活在忆念与盼望之中。

　　无分贵贱贫富，应该说，这是十分廉价、极易达到的要求。可是，十有八九，我们做儿女的却没能给予满足。我就是这样。那时节，整天都在奔波忙碌之中，没有足够地理解母亲的心思、重视母亲的真正需要，对于母亲晚年的孤寂情怀体察得不深，缺乏感同身受的体验，没能抽出时间多回家看看，忽略了要和老母亲聊聊天，更谈不到给予终生茹苦含辛的母亲以生命的补偿了。

　　结果，老人常常深深陷于一种莫名的寂闷之中。这种寂闷，在痛苦的思念中发酵，在热切的期待中膨胀，在无边的失望中弥漫，致使老人家逐渐逐渐地变得沉默寡言，神情木然，丧失了生命的活力。

　　三十年过去了，有时看到桌上的电话，心里还一阵阵地觉着难过。现在，即使远在千里万里之外，只要拨个电话，就可以随便和家人欢谈。可是，那时家里却没有这种条件。记得到省城工作后，赶上过端午节，我想到应该给老母亲捎个话，问候问候，告诉她我一切都好，不要挂念。于是，就往我原来所在的机关拨个电话，请为转告。听说，老母亲欣慰之余，又不无遗憾地对那位传话的同志说，她实在走动不了啦，不然，一定跟他到机关去，在电话里听听我的声音，亲自同我交谈几句。

在漫长的岁月里，老人家为儿女们的成长、升腾，一步步地搭设台阶，架桥铺路。可是，她可曾料到：路就桥成之日，恰是儿女高飞远翥之时，最后，只剩她一个人"茕茕孑立，形影相吊"了。

《光明日报》曾开辟"永久的悔"专栏，如果说，我也有永久的悔，那就是在母亲的有生之日，特别是晚年，我同她交流得太少了，我在她的身边为时过于短暂了。"树欲静而风不止，子欲养而亲不待。"现在，只能抱憾于无穷，椎心刺骨也好，呼天抢地也好，一切一切，都无济于事了。

（1996年）

小妤姐

我想了一下，这篇回忆文字，需要从我整理旧书说起。

我念过八年私塾，读过的、收藏的旧书不少，"三、百、千"、"四书五经"，连同那些铜版、木版刻印的古代诗文选本、专集，以及部分史学名著，流失了的不算，手头存留的总还有一百多本吧。那淡淡的书香中，不仅埋藏了我的辛劳、凄苦的童年，浸透着近三千个日日夜夜的心血；而且，许多书册上都留存着塾师的"手泽"——封面上有他用正楷题写的书名和我的名字，书页上还有他用朱笔点出的断句。

因此，半个世纪以来，我一直刻意地珍藏着。它们跟着我，从僻远的荒村走进了县城，又从县城到了我曾工作过二十多年的地级市，近三十年，又随着我进了省城。其间，它们也像人事一样，经历过甘甜，也遇到过苦难，甚至面临着毁灭的危险。说来，我们也是患难之交了。虽然那些书里没有什么珍本、善本，并不具备特殊的收藏价值，但是，"书卷多情似故人"，毕竟存在一种难剪难理的深厚感情。

"文化大革命"的狂潮刚刚涌起，"破四旧"就开始了。

那时，我刚刚从一家报社调到市委机关工作，行李和物品零乱地堆放在楼上一间暂时没有住人的空屋子里。这些锁在木箱里的旧书，也随之原封不动地运到楼上，已经很久很久没有打开过了。我整天提心吊胆地关注着这些旧书的命运，唯恐那些难以理喻、思想单纯的红卫兵，会把它们作为"四旧"的典型付之一炬，可是，又苦于找不到一个理想的掩藏处所。为此，常常中夜惊悚，忧心如捣。

一天，我在窗外闲步，突然发现这座楼房原是尖顶的，就是说，上面装有木质的桁架。那么，天花板上必然有着很大的空隙了。回屋看了看，墙后果然有个可以直达棚顶的绳索结成的缘梯。于是，便在一天深夜，悄悄地把书箱搬到棚顶上去，密藏起来，然后，再把缘梯撤除。化用朱熹老夫子《九曲棹歌》中的两句诗，从此，也就"虹桥一断无消息，万卷千篇锁翠烟"了。

尔后，"破四旧"的飓风虽然止息，其他名目繁多的批判、斗争，却还是一场接着一场。随着我连续几年下放工厂、农村劳动改造，再就很少进入这座楼房来住宿了，更是难以提起展读旧书的兴致。直到机关给我分配了住房，家里从农村迁回城市，一切都安顿得差不多了，我才重新架起梯子，钻到顶棚上，沾着浑身满脸的灰尘，把旧书箱搬运下来。屈指一算，已经八个年头过去了。

这天，我敲开了木箱的锈锁，把那些线装书一本一本地放到太阳底下晾晒着。顿时，仿佛又回到了童年，像三十几年前那样，依旧坐在塾斋的炕上。其中的"四书"是用一条布带子打着"十"字花捆起来的，解开布带，见到每页的书角，全都用蜡液熨过，使得那些因为翻检频繁、边角有些打卷儿的书页，变得十分平整了。我想起来了，这都出自小好姐当年的手泽。

记得，那是 1948 年的秋天，小好姐看我早就读了《诗经》、《书经》等一大批新书，"四书"已经放在一边不用了，便把这一摞旧书收在一起，带回她的房间里。多少天以后，重新放置在我的书桌里的"四书"，已经熨得平平展展，简直像新的一样。我现在记不起来，这布条是她捆的还是我捆的，反正从那以后，这一套书我再也没有翻检过。因为过了旧历年，我就进入了镇上的补习班，半年后，又考取了县城的中学。此后，面对的是全新的视界，便再也没有机缘接触这些旧书了。

现在，翻看着这一册册的线装书，有如旧梦重温，说不出滋味是酸是甜，情怀是悲是喜，也许是几分欣慰又夹杂着丝丝的怅惘吧。翻着翻着，我突然发现《论语》上卷里夹着一张写在带格的彩纸上的字条。铅笔字，不怎么熟练，有些歪歪扭扭，却写得十分认真。三十几个字，都是竖着写的（标点是我加的，改了两个错别字）：

　　　　我要走了，也许以后我们再也不能见面了。

　　　　嘱咐一句话：你太淘气，闹了几次危险了。

尽管过去没有见过小好姐的字迹，但我知道肯定是她写的，不会是别人。

小好姐是谁？她是我的塾师刘璧亭先生的小女儿。

要看她待我的那种真诚，那份情意，简直像我的亲姐姐一样，其实，我们之间没有任何亲属关系。应该说，在我整个就读私塾期间，除了嘎子这个铁哥们儿，还有一个"课外指导"，就是小好。

她小小年纪便遭遇到惨痛的不幸。十岁那年，在警察署长家充任家庭教师的母亲，因为遭到东家的奸污而含愤跳进了辽河。从此，她便开始了流离转徙的动荡生涯——先是嫁到邻县的姐姐把她接了过去；待到刘先生在我们村里安顿下来，她又从姐姐那里回到父亲身旁。父亲受"女子无才便是德"的封建思想影响，不让她念书识字。可是，由于她赋性聪敏，又兼较长时期在私塾这种文化环境里熏陶，也懂得许多文化知识。她认识许多字，而且，背得出来《弟子规》、《名贤集》、《神童诗》中的不少词句。

小好姐的性格有些内向，比较孤僻，平素很少和邻居的孩子们交往，这可能和她从小就遭遇苦难、失去母爱有关系；但与我却很合得来，用现在的话讲，共同语言比较多。我虽然小她三岁，个子却比她还高，生就一副"孩子王"的英雄气概，又兼天资颖悟，课业拔尖，因此，很受她的青睐。

有一次，我们坐在一起闲谈，说起了她的名字。她说：

"小好，是我的小名，母亲起的。我出生时，父亲已经四十多岁了，因此，我的大名叫作晚芳；后来父亲又说，还是叫野芳好。待到我母亲去世以后，父亲日夜思念，为了纪念我的母亲，便放弃了我的大名，叫起了小名。"

"晚芳、野芳，名字都很典雅。"那时，我已经读过了许多书，便告诉她："'野芳'的来历，是宋代大诗人欧阳修的诗句：'曾共洛阳花下住，野芳虽晚不须嗟'。这个大文豪，似乎特别喜欢'野芳'这两个字，他在一篇文章里还写过：'野芳发而幽香，佳木秀而繁荫'。"

她听了高兴得跳起来，称赞我说："你知道的真多！"

这天，我到塾斋很早，老先生正在吃饭，小好姐撂下碗筷，就过来和我闲谈，同时，带出来一些花生米和糖块给我吃。她悄悄地告诉我，父亲昨天晚上犯了烟瘾，早晨起来就没有好气，性情焦躁得很，让我背书时多加小心。

背书开始了，我站在地下，背对着老先生，面向着东墙上的孔夫子像。我从左侧的门帘缝隙，看到小好姐隐在门外的身影。我知道，她是放不下惴惴的心，生怕我出现差错，遭致斥责，因而偷偷地隐在一旁查看。幸好，从始至终，我背诵得十分顺利，这一关算是过去了。

我那时特别贪玩，在复习功课时，经常从炕席上拆下一些苇篾儿，弯作弹弓，去弹射嘎子哥，以致时间一长，屁股底下便破出一个大窟窿。小好姐便悄悄地把牛皮纸抹上糨糊加以粘补，有时，还趁我们放学回家，把苇席调换一个角度。这样，我也就可以继续干那种拆折苇篾、弹射别人的淘气勾当了。多少天以后，屁股底下又出现了漏洞，小好姐便再次地耐心粘补，看不到有丝毫的厌烦情绪。遇到夜黑天，伸手不见五指，路上绝少行人，我念完三排香的"夜书"回家时，她总是拎起门后的一条木棒，往前护送一程，然后，自己再独自回去。

过大年前后，私塾临时停学几天，我便常常跟着小好姐到前村去看戏。戏台距离地面有五尺高，用木板搭成，坐北朝南，台下挤满了看客，周边都是卖各种小吃的。到了那里，小好姐总是先去给我买个大麻花或带窟窿的烧饼，然后，我就一边吃着一边观看。这天，我们看到了最精彩的节目。台上跑着一只金钱豹，神气活灵活现，虽然是由人装扮的，却和真的一样，一蹿，一闪，一跳，一滚，博得了满场的掌声。

还有一个武生，出场时，先是威风抖擞地亮个俊相，然后把一支钢叉，朝着戏台右上方飞掷过去，不偏不倚，端端正正，恰好扎在戏台的柱子上。亏得他功夫到家，扎得准，不然，稍稍出一点偏差，飞叉就会掷到台下，扎在看客的脑袋上。尽管没有出现事故，台下的人群早已慌作一团，吓得一个劲儿地"妈呀—妈呀"地乱叫，过了好一会儿，才想起来拍巴掌喝彩。这时，武生却已经踅回台后去了。我还瞪着一双眼睛，定定地等着看他的新招法，小好姐却不容分说，拉起我的胳膊就往外走，嘴里一迭连声地叨咕着："白给咱八百吊（钱），也不看了，——太危险！"

在家里闲不住，我们便去村子东头看高跷秧歌。广场上的人，围得里三层外三层，唢呐翻着样儿吹，铙钹、锣鼓敲得震天价响。钻到里面一看，扮武丑的"头跷"刚好转到我们的身边。只见他，头戴着一顶黑尖帽，勾了个三花脸，嘴角旁留着个倒"八"字胡，手里摇着一条马鞭，左翻右摆，闪腰垫步，跳着各种秧歌的舞步。后面紧跟着大队人马，认得出来的，有许仙、白蛇、孙悟空、猪八戒一流人物。那智勇双全的孙大圣，一会儿蹦到这边，一会儿又窜到那边，一手舞弄着金箍棒，一手又抓耳挠腮，异常活跃。而心存邪念、老惦着娶媳妇的猪八戒，腆着个大肚子，扇乎着两个大耳朵，扛着钉耙，晃晃悠悠，滑稽可笑。

最逗趣的是那个丑婆，身穿一套花衣红裤，耳朵上缀着两只红辣椒，手里攥着一把棒槌，嘴上还叼着一个烟管很长的大烟袋，搔首弄姿，忸怩作态，洋相百出。当她发现许仙和白娘娘正在眉目传情、亲亲热热地翩翩对舞时，便忙不迭地跳过去，抡起棒槌捣乱，一而再、再而三地加以干涉。我已经看得入神，咧着大嘴呵呵地笑，小好姐却把嘴巴凑到我的耳边，嘟囔了一句："你看这个老东西，烦人不烦人？"

现在，回头说说小好姐的字条上写的"淘气闹了几次危险"的事。

前面我曾写过，由于塾斋闹学，受到惊吓，病倒了三个多月。那期间，小好姐曾多次到家里去看我，还给我做鸡蛋疙瘩汤吃；每次老先生去家里探视，她都要尾随前往。

还有一次，我站在秫秸垛上，与隔院的孩子打土圪垃仗，脚下一出溜，不慎滑进了两个秫秸垛的夹缝里。秫秸的茬子尖尖的，像锋利的枪刺一般，把我全身的皮肤划出了十几处伤口，这样，人们还说："太幸运了，多亏没有扎着眼睛。"最尴尬的是，处在两个秫秸垛的夹缝中，左右动弹不得，全都有尖刺顶着，挣扎了好长时间也钻不出来。最后，还是由我父亲和东邻的二哥帮忙，把秫秸一捆一捆地倒腾开，才算解救出来。

最危险的那一次，是被牛犄角挑起四五尺高，然后抛落在地上，肚皮划出了两道血印子，周围的人都吓得目瞪口呆。事后，人们都说我捡了一条小命。

听到我讲述这些情节，小好姐一会儿焦急，一会儿惊悸，一会儿摇头，喃喃地说："简直把人吓死了，你可不能再这么闹下去！"过了一会儿，又补充一句："我父亲讲过，多难之人，必有后福。——你是一个命大、有福的人。"

她就是这样对我一片真情，时时处处关心着、照应着我。只是，由于我当时年龄太小，不懂得感情上的事，对于她没有过任何的回报，甚至连一句感激的话都没有表露过。

记得就在最后这年夏天，一个深夜，我从睡梦中醒转过来，听到母亲和父亲在说话。母亲说："小好这个孩子，真挺好。人不大，特别懂事。对咱们的孩子，也是一片真心。"父亲接上说："老先生和他'魔怔'叔，也有心成全这门亲事，将来小好嫁过来，两家好上结好，友情加上亲情。可是，我始终没有点头。我不吐口的原因，是他们二人的属相犯克，命相不对。"

说着，父亲叨念了一套口诀："自古白马怕青牛，羊鼠相逢一旦休，蛇见猛虎如刀斩，金鸡遇犬泪交流，龙逢玉兔云端去，猪与猿猴不到头。"

父亲说："咱们的孩子生在乙亥年，属猪；小好生在壬申年，属猴。'猪猴不到头'，古有明训，这叫犯属相；再者，他们一个是火命，一个是金命，火克金，金若遇火，必见销熔，'金火夫妻克六亲，祸及子孙守孤贫'，这也是相书上写着的。命相不对，一生遭罪。这门亲事做不得！姻缘系由天定，人事不可强求。"

母亲又说："那若是按这里本地的算法，女孩子算'进'，小好不是应该加一岁吗？"

父亲说："命相学算的是属相，不论实岁、虚岁，她都是属猴——这没有变化。"

母亲也是最迷信命相的，听了父亲这番话，轻轻地叹息一声，两人便再也无话了。

看来，在那个年代，儿女们的婚事，在老一辈人的心目中，除了命相、属相，其他条件都是可有可无、无须过问的。每个当事人，不过是件金属、火焰、水滴、木块、土圪垃，至多只是一个大小动物，其他什么也不是。

上了中学以后，我问过历史老师，那套合婚、算命的玩意儿，有没有什么理论根据？

老师说，早在汉代，就形成了完整的天人感应的神学思想体系，《白虎通义》中讲到了"五行相克相害"的道理。这是属于传统文化中的糟粕。

从那以后，再见小好姐的面，就越来越少了。

后来听说，小好经她姐姐介绍，嫁给了邻县农村的一个小伙子。此后，我们就再也没有会过面，音信也杳然了。昔梦追怀，我曾写过一首小诗：

秋水映长天，
黄花似昔妍。
绿窗人去远，
相见待何年？

我的第一个老师

　　小时候，我有一个近支族叔，本来有名有字，可是人们却总是叫他"魔怔"。其实，他在当地，算得是最有学识、最为清醒的人，只是说话、处事和普通人不一样，因而不为乡亲们所理解。正所谓："行高于人，众必非之。"

　　早年，他在外面做事，由于性情骨鲠、直率，不肯屈从上司的旨意，又喜欢"较真"，凡事都要争出一个"理"来，因而，无端遭受了许多白眼。千般的苦闷全都窝在心里，没有发抒的渠道，致使精神受到很大的刺激，多年来一直"僵卧孤村"，在家养病。

　　他那种凄苦、苍凉的心境，留给我很深的印象，却又找不出恰当的话语来表述。后来，读了鲁迅的作品，看到先生说的，总如野兽一样，受了伤，并不嚎叫，挣扎着回到林子里去，倒下来，慢慢地自己去舔那伤口，求得痊愈和平复——心中似有所感，觉得大体上很相似。当然，这里只是就事论事，没有涉及更为广泛的内容。魔怔叔作为一介凡夫，是不能同思想家与战士相提并论的。

魔怔叔的面相，一如他的心境，一副又瘦又黄的脸庞，终日阴沉沉的，很难浮现出一丝笑容，眼睛里时时闪烁着迷茫、冷漠的光。年龄刚过四十，头发就已经花白，腰杆也有些弓了。动作中带着一种特有的矜持，优雅的懒散和恓惶的凝重，有时，却又显得过度的敏感。几片树叶飘然地坠落下来，归雁一声凄厉的长鸣，也会令他惊心怵目，四顾怆然。刚说了一句"悲哉，此秋声也"，竟然莫名其妙地流下来几滴泪水，呜咽着，再也说不出话来。

他感到空虚、怅惘和无边的寂寞。老屋里挂着一幅已经被烟尘熏得黝黑的字画，长长的字句很少有人念得出来。在我认得许多字之后，他耐心地一个字一个字地说给我听，原来是唐代诗人杜甫的七律。记得最后两句是："鱼龙寂寞秋江冷，故国平居有所思。"

他有满腹经纶，却得不到人们的赏识，心里自然感到苦闷。我父亲读的书虽然没有他的多，思想、感情上倒是和他有相通之处，所以，两个人还能谈得来。只是，父亲每天都要从事笨重的体力劳动，奔走于衣食，闲暇时间太少。魔怔叔便把我这个毛孩子引为"忘年交"，这叫作"蜀中无大将，廖化作先锋"。但是，对我来说，却有幸结识一位真正的师长。

魔怔叔像一个不食人间烟火的方外之人，整天生活在精神世界里，对于物质生活从不讲究。他把各种资财、物品都看得很轻，不加料理；甚至连心爱的书籍也随处放置，被人借走了也想不到索还。他常常对我说，人情之常是看重眼前的细微小事，而对于大局、要务则往往态度模棱，无可无不可。这是人生的普遍失误。接着，就给我诵读一段韵语："子弟遇我，亦云奇缘。人间细事，略不留连。还问老夫，亦复无言。伥伥任运，已四十年。"开始，我以为这是他自己的述志诗，后来读书渐多，才知道是录自明末遗民傅青主的一篇小赋。

魔怔叔不愿与人交往，他认为，与其同那些格格不入的人打交道，莫不如孑然独处。有时一个人木然地坐在院子里，像一个坐禅的僧侣，甚至像一尊木雕泥塑。目光冷冷的，手里擎着一个大烟袋，吧嗒吧嗒，一个劲儿地抽烟。任谁走近身旁，他都不会抬眼瞧瞧。一天，本地一个颇有资财的表嫂去他家串门，见他那副孤高、傲慢的架子，便拍手打掌地说："哎哟哟，我的老弟呀，就算是'贵人语话迟'吧，也不能摆出那副酸样儿！难道是哪一个借你黄金还你废铁了？"魔怔叔睃了她一眼，现出一脸不屑的神情，冷笑着说："样儿不好，自家瞧。也没抬上八抬大轿请你来看。"

他平素不怎么喝酒，只有一次，到一个多年不见的朋友家，喝得酩酊大醉。摔了人家的茶壶，骂了半晌糊涂街，最后踉踉跄跄地走出来，居然在丧失清醒意识的情况下，不费力气地找回了自己的家门。我问他是怎么找回来的，他说，不知道。这恐怕是因为以前无数次的回家记忆，已经内化在他的思维里，形成了一种无意识的自在机制。

童年的我，求知欲特别强，接受新鲜事物也快，正像法国大作家都德说的，"简直是一架灵敏的感觉机器，就像身上到处开着洞，以利于外面的东西随时进来"。我整天跟在魔怔叔身后，像个小尾巴似的，听他讲"山海经"、"鬼狐传"。有时说着说着，他就戛然而止，同时用手把我的嘴捂上，示意凝神细听草丛间的唧唧虫鸣，这时，他脸上便现出几分陶然自得的神色。

有时，我们去郊外闲步。旧历三月一过，向阳坡上就可以看到，各色的野花从杂草丛中悄悄地露出个小脑袋。他最喜欢那种个头很小的野生紫罗兰，尖圆的叶片衬着淡紫色的花冠，花瓣下面隐现着几条深紫色的纹丝，看去给人一种萧疏、清雅的感觉。

春天种地时，特别是雨后，村南村北的树上，此起彼伏地传出"布谷，布谷"的叫声。魔怔叔便告诉我，这种鸟又拙又懒，自己不愿意筑巢，专门把蛋产在别的鸟窝里。更加令人气恼的是，小布谷鸟孵出来后，身子比较强壮，心眼却特别坏，总是有意把原有的鸟雏挤出巢外，摔在地下。

魔怔叔说，燕子生来就是人类的朋友，它并不怎么怕人。随处垒巢，朱门绣户也好，茅茨土屋也好，它都照搭不误，看不出受什么世俗的眼光的影响。燕子的记性也特别好，一年过后，重寻旧垒，绝对没有差错。回来以后，唯一要做的事就是修补旧巢。只见它们整天不停地飞去飞来，含泥衔枝，然后就是产卵育雏，不久，一群小燕就会挤在窝边，齐簌簌地伸出小脑袋等着妈妈喂食了。平日里，它们只是呢喃着，似乎在热烈地闲谈着有趣的事情，可惜我们谁也听不懂。

鸟雀中，我最不喜欢的是猫头鹰，认为它是一种"不祥之鸟"，因为听祖母说过，它是阎王爷的小舅子，一叫唤就会死人。叫声也很难听，有时像病人的呻吟，有时发出"咯咯咯"的怪笑，夜空里听起来很吓人。样子也很古怪，白天蹲在树上睡觉，晚间却拍着翅膀，瞪起大而圆的眼睛。

魔怔叔耐心地听我诉说着，哈哈地大笑起来。显然，这一天他特别畅快。他问我："你知道古时候它的名字叫啥吗？"我摇了摇头。他在地上用树枝书写一个"枭"字，他说，从前称它"不孝之鸟"，据说，母鸟老了之后，它就一口口地啄食掉，剩下一个脑袋挂在树枝上。所以，至今还把杀了头挂起来称为"枭首示众"。

我还向魔怔叔问过：有些鸟类，立夏一过，满天都是，很多很多，可是，两三天过后，却再也不露头了，这是怎么回事？他侧着脑袋想了一想，告诉我：这些可能是过路的候鸟。它们路过这里飞往东北的大森林和蒙古草原去度夏，在这里不想久留，只是补充一点粮食和饮水，还要继续它们的万里征程。

说着，魔怔叔便领我到大水塘边上，去看鸬鹚捕鱼。只见它们一个个躬身缩颈，在浅水滩上缓慢地踱着步，走起路来一俯一仰的，颇像我这位魔怔叔，只是身后没有别着大烟袋。有时，它们却又歪着脑袋凝然不动，像是思考着问题，实际是等候着鱼儿游到脚下，再猛然间一口啄去。意兴盎然的鸟趣生机，给我带来无穷的乐趣。

我进了私塾以后，仍然和魔怔叔保持着亲密的关系。他和我的塾师刘璧亭先生是挚友，每逢刘先生外出办事，总要请他代理课业，协助管束我们。由于魔怔叔是一位地地道道的"博物学家"，讲授的都是些活的学问，所以，我们特别感兴趣。

在这天午后的课堂上，他随手拿起一本《千家诗》，翻到"双双瓦雀行书案，点点杨花落砚池"这几行，又用手指着窗外枝头的家雀，说：因为家雀常常栖止于檐瓦之上，所以，这里称作"瓦雀"。

接着，他又告诉我们，李清照的《武陵春》词中有这样两句："只恐双溪舴艋舟，载不动许多愁。""舴艋"是一种形体很小的昆虫，用它来形容，说明这种船是不大的。舴艋的名字，听起来生疏，其实，你们都见过。说着，他就到后园里捉回一只翅膀和腹部都很长的飞虫，手指捏住它的双腿，它便不停地跳动着。我们认出来了，这是大蚂蚱，俗称"扁担勾"的，当即高兴地齐声念起儿歌："扁担扁担勾，你担水，我熬粥。熬粥熬的少，送给刘姥姥。姥姥她不要，我就自己造（辽西方言，吃的意思）。"

我从一部"诗话"中看到"一样枕边闻络纬，今宵江北昨江南"这样两句诗，便问魔怔叔："络纬是不是蟋蟀？"他说，络纬俗名莎鸡，又称纺织娘，蟋蟀学名促织，二者相似，却不是一样东西。说着，便引领我们走向草丛，耐心地教授如何根据鸣声来分辨这两种鸣虫。因为不能出声，他便举手为号：是促织叫，他举左手；络纬叫了，便举右手，直到我们能一一辨识为止。

夏天一个傍晚，气闷得很，院里成群成阵地飞着一些状似蜻蜓、形体却小得多的虫子。魔怔叔告诉我们：这就是《诗经·曹风》"蜉蝣之羽，衣裳楚楚；蜉蝣之翼，采采衣服"中的蜉蝣。这种飞虫的生命期极短，只有几个小时；可是，为了传宗接代，把物种延续下去，却要经历两次蜕壳和练飞、恋爱、交尾、产卵的整个历程。当这一切程序都完成之后，它们已经是疲惫不堪了，便静静地停下来，等着死掉。

《诗经》里的"岂其食鱼，必河之鲂"，鲂就是河里的鳊花，扁身缩颈，鳞细味美。——这也是从魔怔叔那里听来的。

但是，后来读书渐多，发现他所讲的有的也并不准确。比如，他说《诗经》中的"螟蛉有子，蜾蠃负之"，蜾蠃就是土蜂，这大概是不错的。可是，他依据旧说："蜂虫无子，负桑虫（即螟蛉）而为子"，把蜾蠃捕捉螟蛉等害虫为其幼虫的食物说成是收养幼虫，这就是谬误了。

不管怎样说，长大以后，我之所以能够"多识于虫鱼草木之名"，和童年那段经历是有着直接关系的。我要特别感谢那位魔怔叔的指教，他是我的第一位老师。

（2000年）

青天一缕霞

从小我就喜欢凝望碧空的云朵，像清代大诗人袁枚说的："爱替青天管闲事，今朝几朵白云生？"尤其是七八月间的巧云，如诗如画如梦如幻，对我有极大的吸引力，我能连续几个小时眺望云空而不觉厌倦。虽然眺者自眺，飞者自飞，霄壤悬隔互不搭界，但在久久的深情谛视中，通过艺术的、精神的感应，往往彼此间能够取得某种默契。

我习惯于把望中的流云霞彩同接触到的各种事物作类比式联想。比如，当我读了女作家萧红的传记和作品，了解其行藏与身世后，便自然地把这个地上的人与天上的云联系起来——看到片云当空不动，我会想到一个解事颇早的小女孩，没有母爱，没有伙伴，每天孤寂地坐在祖父的后花园里，双手支颐，凝望着碧空。

而当一抹流云掉头不顾地疾驰着逸向远方，我想，这宛如一个青年女子冲出封建家庭的樊笼，逃婚出走，开始其痛苦、顽强的奋斗生涯。

有时，两片浮游的云朵亲昵地叠合在一起，而后，又各不相干地飘走，我会想到两个叛逆的灵魂的契合——他们在荆天棘地中偶然遇合，结伴跋涉，相濡以沫，后来却分道扬镳，天各一方了。

当发现一缕云霞渐渐地融化在青空中，悄然泯没与消逝时，我便抑制不住悲怀，深情悼惜这位多思的才女。她，流离颠沛，忧病相煎，一缕香魂飘散在遥远的浅水湾……这时，会立即忆起她的挚友聂绀弩的诗句："何人绘得萧红影，望断青天一缕霞！"

正是这种深深的忆念，和出于对作品的热爱而希望了解其生活原型，即所谓"因蜜寻花"的心理，催动着我在观赏巧云的最佳时节——八月中旬，来到这神驰已久的呼兰，追寻女作家六十年前的岁月。

呵，呼兰河，这条流淌过血泪的河，充溢着欢乐的河，依然夹带着两岸泥土的芬芳，奔腾不息，跳搏着诱人的生命之波。

穿过大桥，满目青翠中，一条宽阔的马路把我引入了县城。东二道街，十字路口，茶庄，药店，一切都似曾相识，一切又都大大地变了样。

但是，可能因为期望值过高，当我踏进萧红故居，却未免有些失望。寥寥几幅灰暗模糊的照片，一些作家用过的旧物，疏疏落落地摆在五间正房里。原有的两千平方米的后花园，这印满了萧红的履痕、泪痕和梦痕的旧游地，如今已盖上了一列民宅。更为遗憾的是，留下百万字作品的著名女作家，陈列室中竟没有收藏一页手稿、一行手迹。

　　联想到坐落在圣彼得堡的普希金就读过的皇村学校，虽然经过一百七八十年的沧桑变化，包括战乱与兵燹，但是，普希金当年的作业簿和创作诗稿，依然完好无损地保存在那里。相形之下，深感我们在搜集、保存作家的手稿、遗物方面没有完全尽到责任。

　　当然，也可以顺着另一条思路考虑：这位叛逆的女性的前尘梦影原本不在家里。在她自己看来，这块土地沦于敌手之前，"家"就已经化为乌有了。她像白云一样飘逝着，她的世界在天之涯地之角。"昔人已乘'白云'去，此地空余黄鹤楼"，如此而已。云，是萧红作品中的风景线。手稿没有，何不去读窗外的云？

　　"白云犹似汉时秋"。仰望云天，同女作家当年描述的没有什么两样，天空依旧蓝悠悠的，又高又远。大团大团的白云，像雪山，像羊群，像棉堆，像洒了花的白银似的。我想，如果赶上傍晚，也一定能看到那变化俄顷，令人目不暇接的"火烧云"。

　　记得沈从文先生说过，云有地方性，各地的云颜色、形状各异，性格、风度不同。在浪迹天涯的十年间，萧红走遍大半个中国，而且，曾远涉东瀛。她不会看不到沈先生盛赞不已的青岛上空的彩云，肯定领略过那种云的"青春的嘘息"和轻快感、温柔感、音乐感；她也该注意到关中一带抓一把下来似乎可以团成窝窝头的朵朵黄云。透明、绮丽的南国浮云，素朴、单纯，仿佛用高山雪水洗涤过的热带晴云，樱花雨一般的东京湾上空的绮云——这些恐怕都能引发女作家的奇思玄想。然而，她全没有记在笔下。

当豪爽的江湖行、亢奋的浪游热宣告结束，"发着颤响、飘着光带"的胸境和"用钢戟向晴空一挥似的笔触"，渐次消磨，而难堪的寂寞、孤独与失落感袭来的时候，她便像《战争与和平》中曾是战斗主力的安德烈公爵，受伤倒在地下，深情地望着高远的苍穹，随着飘飞的白云，回到梦里家园去寻求慰藉，慢慢地咀嚼着童年的记忆——这人生旅途中受用不尽的财富。

对萧红来说，尽管童年生涯是极端枯燥、寂寞的，家园并无温馨可言，甚至经常感到扞格不入；但是，"人情恋故乡"，就像一首诗中描述的："满纸深情悲仆妇，十年断梦绕呼兰。"一颗远悬的乡心，痴情缱绻，离开得越远，回音便越响。于是，"一篇叙事诗，一幅多彩的风土画，一串凄婉的歌谣"，便在"永久的憧憬与追求"中孕育诞生了。

时代造就了萧红。难能可贵的是，她不仅在五四新文化运动影响下，冲破了封建枷锁，离家出走，成为中国北方的一个勇敢的娜拉；而且，由于亲炙了反帝反封建的民主主义精神和得到一批革命作家及其作品的滋养，同时也接触了世界近代以来人文主义思潮和人道主义、个性主义的文化觉醒意识，她在文学创作伊始，就显示了崭新的精神世界，以稚嫩的歌喉唱出了时代的强音和民众的愿望。

对于乡园，她没有沉浸在一般层次上的眷恋、遐想与梦幻之中，而是超越了五四新文学的美学思索，在现实主义与个性主义、人道主义交叠的文化视点上，力透纸背地写出了

"北方人民的对于生的坚强，对于死的挣扎"，深入地开掘其关于"国民性"的哲理反思和病态社会的无情清算。

她"以女性作者特有的细致的观察和越轨的笔致"，以充分的感性化、个性化的认知方式，通过散化情节、淡化戏剧性、浓化情致韵味的艺术手法，揭露帝国主义、封建势力造成的弥天灾难，展示病态人生、病态社会心理的形成，以引起人们疗救的注意。

作为一个植根于现实土壤的现代文化追求者和思想先驱，她始终以其深邃的思考和"另一个世界"的眼光，审视着这块古老而沉寂的大地，呼唤着"别样人生"，期待着黎明的曙色。而且，为这一"永久的憧憬和追求"，付出了沉重的代价。

同那些跨越时代的文坛巨匠相比，萧红也许算不上长河巨泊。她的生命短暂，而且身世坎坷，迭遭不幸。她失去的不少，而所得可能更多；她像冷月、闲花一样悄然陨落，却长期活在后世读者的心里；她似乎一无所有，却在文学史上留下了一串坚实、清晰的脚印，树起了一座高耸的丰碑。她是不幸的，但也可以说，她是很幸运的。

像萧红一样，呼兰河既没有长江的波澜浩荡，也不像黄河那样奔腾汹涌；呼兰县城更是普通至极的一个北方城镇。但是，地以人传，河以文传，由于这里诞生了一位著名女作家，它们已被镌刻在文学碑林上，因此，名闻遐迩。这里的小桥流水、窄巷长街，都一一注入了生命的汁液，鲜活起来，充溢着灵性，吸引着无数中外游客。

而前来探访的客子、学人，也必然要对照萧红的作品去

"按图索骥"，溯本寻源。这样，人文与自然相辅相成，历史和现实交辉互映，就益发强化了景观的魅力。

流光似水。如今，那被女作家诅咒过的岁月，远逝了；那没有人的尊严和独立人格的牛马般的生活，一去不复返了；女作家及其作品中的主人公血泪交迸的"生死场"，已经照彻了灿烂的阳光。

十字街头拐弯处，当年萧红读书的小学校还在。微风摇曳中，几棵饱经风霜的老榆树似在发出岁月的絮语。下课铃声响起，一群闪着澄澈、亲切的目光的活泼可爱的女孩子，野马般地拥向了操场，有的竟至和来访的客人撞了个满怀，随之而喧腾起一阵响亮的笑声。

我蓦然想起，《呼兰河传》中老胡家的团圆媳妇，不也是这般年纪、这样天真吗？可是，只因为她太大方了，走起路来飞快，头天到婆家吃饭就吃三碗，一点也不知害羞，硬是被活活地"管教"死了。

从"两眼下视黄泉，看天就是傲慢，满脸装出死相，说话就是放肆"的死寂无声的黑暗年代，到能够在阳光照彻的新天地里自由地纵情谈笑，这条路竟足足走了几千年！

如果萧红有幸活到今天，故地重游，看看呼兰河畔翻天覆地的变化，听劫后余生的王大姐讲讲她的苦尽甘来，再赏鉴一番故乡的"火烧云"，也许会用她那珠玑般的文字，写出一部《呼兰河新传》哩！

（1990年）

辑二

中国古代诗论中，有过"古诗之妙，专求意象"的说法。中国古典艺术最讲究摄取事物的神理，而遗其外貌，像九方皋相马那样，达到那种"超以象外，得其环中"的境界。"意足不求颜色似"，讲的正是这个道理。

两个爱情神话

夏历七月初七又到了。

小时候，每到这一天，老祖母都要拄着拐杖到外面仰望云空，察看喜鹊、燕子的踪迹。当上上下下确实见不到它们的影子时，便喃喃地自言自语："去了，都去了！"如果谁若是问上一句："去哪里啦？"她会惊讶地看上你半晌，意思是：连给牛郎织女银河会架桥的事都不知道，也太不懂事了。

这一天，最好是阴雨天，因为这证明了牛女双星已经在鹊桥上洒泪相见。于是，老祖母和母亲也都出现黯然神伤的样子。

在中国古代神话中，牛郎织女的传说，大概是最牵动人心、最具有群众性的了。据我所知，汉族祖先构思的星象神话流传下来的很少，这是其中之一，所以，弥足珍贵。

正是由于老祖母的启蒙，后来，入私塾读到《诗经·大东》篇中"跂彼织女，终日七襄。虽则七襄，不成报章"的时候，感到分外亲切，对这位独处天庭的女郎因终日相思而无心织布的情怀，似乎也理解了许多；特别是当吟诵《古诗十九首·迢迢牵牛星》时，还曾洒下过一掬同情之泪：

> 迢迢牵牛星，皎皎河汉女，
> 纤纤擢素手，札札弄机杼。
> 终日不成章，泣涕零如雨。
> 河汉清且浅，相去复几许？
> 盈盈一水间，脉脉不得语。

后来，读书渐多，发现有的诗人力辟牛女传说之妄。比如，杜甫就曾写过：

> 牵牛出河西，织女处其东。
> 万古久相望，七夕谁见同？
> 神光意难候，此事终朦胧。
> 飒然精灵合，何必秋遂逢！

诗意是说，从古以来，人们只见到牛女双星各据银河一畔，有谁见到他们曾经聚合到一起？就算是架桥相会的说法能够存在，作为天上的星宿，神通无限广大，精灵飒然即合，又何必偏偏等到七夕才能相见！诘问得可说是凿凿有据，蛮有道理。只是，由于美丽的传说已经先入为主，就人们的意愿来讲，还是宁肯信其有，不愿信其无的。这样一来，倒觉得这位杜陵叟有些"刻舟求剑"，大煞风景了。

事实上，中国历代诗人、词客总是出自美好的愿望，驰骋其丰富的想象力，为牛女双星写下了许许多多感人的诗章。有祝愿他们长相聚、不分离的："愿天上人间，占得欢娱，年年今夜。"（柳永《二郎神》词）"唯愿年年此夜，人月双清。"（高则诚《琵琶记》句）也有为他们鸣不平的，欧阳修在《渔家傲》词中说："一别终年今始见，新欢往恨知何限？天上佳期贪眷恋，良宵短，人间不合催银箭！"认为牛女终年长别，只有七夕才能会面，而且良宵苦短，应该让他们尽兴欢娱，而不要银箭频催，过早地惊破他们的甜梦。

当一切美好的祝愿在冷酷的现实面前归于破灭，"乍见还别"的处境无法改变的时候，诗人们又从一个新的角度来抒写情怀，歌颂他们的爱情忠贞不渝，万古长新，不像人世间爱海波澜，翻云覆雨。苏轼在《菩萨蛮》一词中这样写道："相逢虽草草，长共天难老。终不羡人间，人间日似年。"这真是绝妙的立意，而且，未曾经人道语。诗人提出一个耐人寻味的富有哲理性的课题：怎样看待爱情与幸福？什么样的爱情才算幸福？

在这方面，写得最出色的，要算"苏门四学士"之一秦观的那首《鹊桥仙》词了：

> 纤云弄巧，飞星传恨，银汉迢迢暗渡。金风玉露一相逢，便胜却人间无数。　柔情似水，佳期如梦，忍顾鹊桥归路。两情若是久长时，又岂在朝朝暮暮！

词人从七夕仰望星空的角度，次第地写出了所见、所感。全词可分四层理解。第一层，写词人眼中的七夕银河畔的美丽：纤薄、绵邈的秋云在不断地变换着繁巧的花样；牛女双星不停地闪烁，似乎四目含情，蕴蓄着无限的离愁别恨。看，他们渐渐地踏上鹊桥，渡过银河，开始一年一度的会合了。

第二层，即景抒情，歌颂他们爱情的坚贞不渝。"金风玉露"点出相会的季节；"便胜却人间无数"，寄寓了关于爱情与幸福的深刻哲理，体现了少与多、暂与久的辩证关系。"今日斗酒会，明日沟水头，躞蹀御沟上，沟水东西流"（卓文君《白头吟》）；"玉颜盛有时，秀色随年衰，常恐新间旧，变故兴细微"（傅玄《明月篇》）。这类诗歌在古诗中屡见不鲜，反映出人世间无数薄情郎爱情不专，反复多变，色衰爱弛，见异思迁的实际情况。对比之下，牛女双星虽然一别经年，离多会少，但爱情专一，坚贞不渝，万古长新，永恒不变，确实是令人艳羡不已的。早在唐代，就曾有人吟咏：

乌鹊桥头双扇开，年年一度过河来。
莫嫌天上稀相见，犹胜人间去不回。

第三层，词人想象双星鹊桥相会的情态。他们满怀深情，无限依恋，情切切，意绵绵，倾诉着长别的衷曲，相互间都不忍心看那只身归去的离别之路。一幅"儿女恋情图"跃然纸上。

最后一层，补足第二层的哲理思考，并以此相互劝慰，也表达了作者对爱情与幸福的结论性意见：理想的伴侣应是两情久长，坚如金石，而不在乎朝夕厮守的枕席之爱。俄国著名诗人普希金与冈察罗娃，法国著名古典主义作家莫里哀与亚尔玛特，都曾是朝夕相伴、形影不离的爱侣，充满了甜情蜜意，有时竟达到狂热的程度。然而，曾几何时，由于相互间在志趣、追求、道德修养方面存在着根本的差异，导致忌恨、猜疑、同床异梦，造成终生的痛苦，甚至葬送掉宝贵的生命。可见，"朝朝暮暮"厮守不离，并不即等于爱情的幸福。

当然，爱情幸福中应该包含长相聚、不分离的内容。古往今来，人们也一向把这作为爱情追求的良好愿望。《长恨歌》中就做过这样的倾诉："七月七日长生殿，夜半无人私语时：'在天愿作比翼鸟，在地愿为连理枝。'"不过，这在实际生活中是难以实现的。"多情自古伤离别"，这在任何时代都难以避免。而"两情若是久长时，又岂在朝朝暮暮"的千秋隽句，恰好给人世间饱谙离别之苦的夫妻、情侣，带来了无边的慰藉和有力的支持。

除了牛郎织女"天河配"，在我国古代汉族的爱情神话中，还有巫山神女的故事也久为人们传诵。它最早见于战国时期宋玉的《高唐赋》：

> 楚襄王与宋玉游于云梦之台。望高唐之观，其上独有云气，崪兮直上，忽兮改容，须臾之间，变化无穷。王问玉曰："此何气也？"玉对曰："所谓

朝云者也。"王曰:"何谓朝云?"玉曰:"昔者先王,尝游高唐,怠而昼寝,梦见一妇人,曰:'妾巫山之女也,为高唐之客,闻君游高唐,愿荐枕席。'王因幸之。去而辞曰:'妾在巫山之阳,高丘之阻,旦为朝云,暮为行雨。朝朝暮暮,阳台之下。'旦朝视之,如言,故为立庙,号曰朝云。"

对于出自古代文人笔下的这个"巫山云雨"的故事,唐代以来,许多诗人都曾提出过质疑。像刘禹锡在《巫山神女庙》诗中就直接地进行诘问:

巫峰十二郁苍苍,片石亭亭号女郎。
……
何事神仙九天上,人间来就楚襄王?

也有对楚襄王加以讥讽的,李商隐在《过楚王宫》一诗中写道:

巫峡迢迢旧楚宫,至今云雨暗丹枫。
微生尽恋人间乐,只有襄王忆梦中。

诗中说,地位卑微的下民都懂得留恋人间的男欢女爱,只有愚不可及的楚襄王,才迷恋梦境里的虚无缥缈的神女。王安石更喜欢作翻案文字,他在《巫峡》诗中指出:

神女音容讵可求？青山回抱楚宫楼。

朝朝暮暮空云雨，不尽襄王万古愁。

"空云雨"、"万古愁"，这里讲得更直截了当了。

如果说，牛郎织女的神话揭示了爱情与幸福的"久与暂"的辩证关系；那么，巫山神女的传说，实际上提出了一个爱情的"虚与实"问题。

在男女恋情问题上，西方有所谓"柏拉图式的精神恋爱"说。古希腊哲学家柏拉图认为，爱情是从人世间美的形体窥见了美的本质以后引起的爱慕，人经过这种爱情而达到永恒的理念之爱。这种爱情排斥一切肉体上的欲望，恋人只停留在纯粹的精神世界之中，在纯精神享受的云空中畅游，嘴唇永久不能接触，双臂只能拥抱理想的空间云雾。这种"精神恋爱说"虽然有别于通俗禁欲主义，而且，具有反对庸俗爱情的意义，但因是一种有节制的带有绅士气味的苦行主义，所以，本质上是柏拉图的唯心主义体系的一部分。

与这种超脱尘世的幻想相区别，古今中外绝大多数学者所持的则是现实主义的恋爱观。十九世纪德国著名诗人海涅说得十分直白：男人不可能娶米洛的维纳斯雕像为妻，女人也不会嫁给普拉克希特利的赫尔麦斯雕像。人应该从幻想回到现实中来，把注意力转向现实世界。中国南宋女诗人朱淑真和晚清学者黄遵宪也都在爱情方面发出过现实主义的呼喊："但愿暂成人缱绻，不妨长任月朦胧"、"人人要结后生缘，侬只今生结目前"。当代年轻女诗人舒婷对流传了几千年的神女峰的虚无缥缈的爱情神话，写下了与传统决裂的热情、勇敢的诗章：

> 沿着江岸，
> 金光菊和女贞子的洪流，
> 正煽动新的背叛：
> 与其在悬崖上展览千年，
> 不如在爱人肩头痛哭一晚。

另一位诗人则借此题目，提出了幸福、实在的爱情要靠自己去争取的见解：

> 情也绵绵，恨也绵绵，
> 爱化作了一块冰冷的石头，
> 我们读了百年、千年。
> 幸福怎能靠默默地坐等？
> 不如去学精卫吧，
> 用行动表达你的信念！

这里鲜明地体现了两种爱的追求。

我们说，爱情不是来去无踪的神秘天使，也不是随手可拾的寻常草棍，而是发生于两性之间的符合人伦道德的爱慕之情。它是感情与理性、自发与自觉、本能冲动与道德文明、直观与愿望、现实与理想的对立统一。

爱情永远是动人的回忆和美好的期待。

（1988年）

意足不求颜色似

宋代诗人陈与义的五首《水墨梅》七绝，颇负盛名。其四曰：

> 含章殿下春风面，造化功成秋兔毫。
> 意足不求颜色似，前身相马九方皋。

据说，宋徽宗看到这首诗以后，击节称赏，当即会见了作者，有相识恨晚之憾。陈与义自此名播海内，并被拔擢晋用。

诗，确实写得很好。前两句为一般的铺叙，大意是说：南朝宋武帝的含章殿下，有你（梅花）美丽的笑靥，大自然孕育名花的功绩，全靠一支兔毫画笔完成。精彩之处在于三、四两句，借咏墨梅提出了一个富有哲理的思想。

中国古代诗论中，有过"古诗之妙，专求意象"的说法。中国古典艺术最讲究摄取事物的神理，而遗其外貌，像九方皋相马那样，达到那种"超以象外，得其环中"的境界。"意足不求颜色似"，讲的正是这个道理。

原来这里面有个典故，据《列子·说符》记载：

秦穆公问伯乐说："你岁数很大了，你的后辈里有没有能够接你的班，善于相马的呀？"

伯乐说："我的后辈只能凭着形容骨相去相一般的良马；至于天下无双的千里马，看上去神奇恍惚，难以捉摸，跑起来飞蹄绝尘，不留迹印，这光凭骨相去识别就不行了。我有一个自幼一起担柴挑菜的伙伴叫九方皋的，此人相马本领不亚于我。"

这样，穆公就把九方皋请来了。按照穆公的要求，九方皋四出相马，奔波了三个月，终于在沙丘一带找到了一匹千里马。

回来禀报时，穆公问他：马是什么样的？

九方皋答说："是黄色的母马。"

但是，前去取马的人回来了，却说是一匹黑色的公马。

穆公很不高兴，责备伯乐说："你推荐的那个相马之人，简直是胡闹。竟连黄、黑毛色和公、母性别都分辨不清，怎么能鉴别马的优劣呢？"

伯乐答道："这正是他的高明之处。因为他对马的观察，深入到马的神理，得其精而忘其粗，在其内而忘其外，视其所视而遗其所未见。他重视的是马的风骨、气质，而把毛色、性别等次要因素都抛开了。"

后来，经过实际检验，果然是一匹天下稀有的佳骏。

这种抓本质、看主流，摄取事物神理而遗其皮毛外貌的做法，不独对于赏花相马、论诗评画具有指导意义，以之论才取士，同样是适用的。世上并无完人。我们选拔人才也应"得其精而忘其粗，在其内而忘其外"，"不以一眚掩大德"。

我国古代学者王充在《论衡》中讲过："志有所存，顾不见泰山；思有所至，有身不暇徇也。"当一个人专心致志于某一学问或事业时，他可能连泰山也视而不见，连身边的事情也无暇顾及。

法国大画家罗丹关于艺术人才也有这样一段精彩的论述：

> 在著名的画家与雕塑家的传记里，满载某某前辈的天真可笑的趣闻。但是要知道，伟大的人物因不断思考自己的作品而忽略日常生活。更要知道，有许多艺术家，虽然他们颇有智慧，但表面上好像肤浅得很，只是因为他们没有口才和应答不敏捷的缘故。可是，对于那些浅薄的观察家来说，善于辞令是聪明伶俐的唯一标志。

"意足不求颜色似"，重视神理、本质，而不胶柱于牝牡骊黄，作为一个指导思想，无疑是必要、正确的。但是，人才毕竟要比"马才"复杂得多，人事工作者不应以此为借口而粗心大意、马虎从事。在这方面，我们应提倡更耐心些，更细心些，多问几个为什么，多多看上几眼。

走笔至此，想起《儒林外史》中《周学道校士拔真才》一段故事：

> 五十四岁的童生范进，考了二十余次，迄未中举。这次，提学道周进主考，将范进的答卷用心用意看了一遍，心里不怎么喜欢，想道："这样的文字，都说的是些甚么话！怪不得不进学！"便丢过一边不看了。又坐了一会，还不见一个人来交卷，心里又想道："何不把范进的卷子再看一遍？倘有一线之明，也可怜他苦志。"于是，从头至尾，又看了一遍，觉得倒是有些意思。末了又看过第三遍，看罢，不觉叹息道："这样文字，连我看一两遍也不能解，直到三遍之后，才晓得是天地间之至文，真乃一字一珠！可见世上糊涂试官，不知屈煞了多少英才！"忙取笔细细圈点，卷上加了三圈，填上了第一名。

周老先生可贵之处，在于他爱贤惜才怀有一片赤诚之心。他想的是"倘有一线之明，也可怜他苦志"。这样，才能一看再看，细致认真，终于摄取神理，得其真髓。这一点，也是我们汲取九方皋相马的经验时，所不可忽视的。

（1987年）

废物——放错了位置的有用之材

清代诗人顾嗣协有一首《杂兴》诗:

骏马能历险,力田不如牛;

坚车能载重,渡河不如舟。

舍长以就短,智者难为谋。

生才贵适用,慎勿多苛求。

客观事物各具所长,也各有所短。人才也是一样。世界上全才极少,甚至是没有的。绝大多数人具有某一方面或某几方面的长处,同时又有某一方面或某几方面的缺陷。汉代的王充在《论衡》里讲过:"人有所优,固有所劣;人有所工,固有所拙。"为什么?他从认识论的角度加以阐释:"非劣也,志意不为也;非拙也,精诚不加也。"一个人的精力有限,如果心神专注于某种事情,就往往会对与此无关的其他事物加以忽视。人类的认识能力是无限的,但就每个人或每个时代的认识来说,又是有限的。成才的规律表明,人必有所不为而后有所为。

这就提出一个要求：用人者必须知人善任，做到随才器使，用当其才。在这方面，汉高祖刘邦是做得好的。他深知"随陆无武，绛灌无文"，因而，安排厚重少文但能带兵打仗的周勃、灌婴担当指挥军旅的重任，充分发挥其连兵百万、决胜千里的才能；而对长于谋划、有游说特长的随何、陆贾，则令其运筹帷幄之中，或出使诸侯各国，同样起到了应有的作用。如果刘邦不掌握部下的所长与所短，稀里糊涂地"乱点鸳鸯谱"，比如说，派遣随何去指挥作战，而让口吃很重的周勃去游说四方，那岂不大大败事？

这类教训，历史上是不少的，有时连杰出人物也难以避免。史称马谡"才器过人，好论军计"，说明他颇有参谋、幕佐之才，实际上他也曾为蜀汉王朝出过一些好的主意。但是，诸葛亮却弃其所长，用其所短，偏偏派他去带兵镇守街亭，与魏兵对阵。结果，因为马谡缺乏实战经验，错误地扎营山顶，最后遭致惨败。这就是《杂兴》一诗中所指出的："舍长以就短，智者难为谋"了。

过去有一首咏史诗说得很好：

苏秦善逞悬河辩，马谡原非大将才。
器使因长无弃物，"材难"今古莫徒哀！

古人慨叹："材乎，其难哉。"说是人才难得，确是事实。但是，如果能扬长避短，用当其才，许多看似无用的人、平庸之辈，也还可以发挥其应有的作用。"废物，是放错了位置的有用之材。"就一定的意义来说，这话也是一种真理性的认识。

明朝的陆容写过一篇《阿留传》，说是书童阿留看起来很痴呆，什么事也不会做。主人周元素叫他扫地，他扫了半天连一间屋子也扫不净。主人外出回来，问他有什么人来过，他记不住一个人名，只说有矮胖的、有瘦瘦的、有漂亮的。主人家的床腿断了一只，叫他去砍个树杈换上，他寻找了一整天，空手而归，说："树杈全都向上，没有一个向下的，用不上。"闹得主人哭笑不得。但周元素并没有赌气把他赶走，而是耐心观察这个书童究竟擅长什么。一天，周元素濡笔作画，见阿留站在一旁，便半开玩笑地问他："你可会这个？"阿留说："这有什么难处！"说罢，提笔作画，浓淡适宜，画面和谐，俨然一个绘图老手。周元素发现阿留这个特长之后，就安排他专门作画，收到了很好的效果。

这件事告诉我们：扬长避短，合理使用，则天下尽多可用之才。关键在于要有惜才之心，识才之眼。如果不是周元素那样既能容人之短，又肯于耐心细致地去发掘其固有的特长，恐怕有十个、百个阿留，也早就被当作废物弃置道旁了。

（1987年）

过度阐释

一

从网上看到文豪李敖和他的儿子李戡的一段对话：

父：你去买瓶汽水。

子：是可乐还是雪碧？

父：可乐。

子：铁罐的还是瓶装的？

父：瓶装的。

子：没糖的还是普通的？

父：普通的。

子：500cc 的还是 1000cc 的？

父：你好烦！算了，水就可以啦！

子：矿泉水还是过滤水？

父：矿泉水。

子：冰的还是不冰的？

父（生气了）：你再啰唆，看我拿扫帚打你！

子：是拿塑胶的，还是竹子的？

父：你这个畜生！

子：像猪还是像牛？

父（气喘）：我……我会被你……你气得吐血……血啦！

子：要拿垃圾桶，还是扶你到厕所？

父：我死了算了。

子：你要土葬，还是火葬？

父：他妈的！你是存心气死老爹了……

原本是十分简单的事，由于一味地寻根究底，最后竟闹出了一场笑话。

这使我联想到冯友兰先生讲的一个趣话：假如有一天，公孙龙要出门旅行，叫弟子去牵马。弟子去了，结果空手而回，说："先生，马厩里没有马，只有白马。"公孙龙就让他把白马牵来。隔了一会儿，弟子又来汇报："白马也没了，只有瘦白马。"公孙龙非常不耐烦地说："呆子！那就牵瘦白马来。"可是，死心眼儿的弟子还是没领会，又来报告："师父，我只看见一匹瘸腿的瘦白马。"公孙龙火了，揪住弟子的耳朵，来到马厩，指着马说："就是这匹马，你要认清了！"

其实，这并不是弟子呆，而是公孙龙自讨尴尬，他把名词慷慨地赠与共相世界，而留给实际世界的，只剩下可怜的指示代词"这"和"那"了。偏偏遇上这个"老实巴交"的听话弟子，忠实地按照他的指示办事，最后陷入了过度阐释的窘境。

二

关于这种过度索解的事例，我曾实地碰上过一次：

一年，在辽宁电视台文艺晚会上。作为嘉宾，省内的知名人士纷纷到会，堪称是"名流荟萃，冠盖如云"，正在沈阳演出的全国著名京剧表演艺术家李胜素女士也应邀出席了。节目进行过程中，惯于接茬儿、逗趣儿、说废话的主持人，一时雅兴大发，出人意外地即兴提出一个有趣的问题，请到场观众解答：

"请各位嘉宾分析、解答：李胜素女士的名字——'胜素'二字，有什么含义？"

主持人话音一落，坐在前两排的几位名流，当即举手响应。

一位从事艺术教学的老师说："素"者，质朴、素雅之谓也，不施粉黛，明慧天成，达到了美的极致；"胜素"，就是取胜之道，在于抱朴守素。

一位专门从事国学研究的学者，站起来讲：这个"素"可大有讲究。一是纯白，纯白的质地上施以彩绘，叫作"素以为绚"，这是见诸《论语》的；二是属于根本性质的事物，比如质素、元素；三是安于现在，《中庸》里说："君子素其位而行。"朱熹解释说，安于现在所居之位，为其所当为。"胜素"则表明，不能安于现状，必须积极进取。

一位年轻的女作家，以颇快的语速讲：素，可以理解为"朴素的底子"。张爱玲说："唯美的缺点不在于它的美，而在于它的美没有底子。""我只能从描写现代人机智与装饰中去衬出人生素朴的底子。""以人生的安稳做底子来描写人生的飞扬。没有这底子，飞扬只能是浮沫。许多强有力的作品只能予人以兴奋，不能予人以启示，就是失败在不知道把握这个底子。"这"素朴的底子"就是日常生活的痕迹，就是张爱玲文字中的独特韵味。"胜素"就是崇尚这种"素朴的底子"，体现了一种生命哲学、人生的追求。

台下仍然有人举手，但主持人却做了一个停止的手势，他可能觉得分析的深度够了，便恭敬地走到李胜素女士面前，说："请您自己谈谈对名字的认识；是哪一位艺术大家给您起出这么一个高深、儒雅的名字？"

只见李女士站起身来，谦虚而娴雅地给观众们鞠个躬，说："感谢各位对我的高看。其实，我的名字没有那么多的讲究。我是河北柏乡人，在我们老家那里，女孩小名都带个'小'字。我出生之后，奶奶抱起来看看，说：'长得很素气，就叫小素子吧！'我奶奶一个大字不识，她哪里懂得那么多学问！"

一番话，闹得全场哗然，接下来是热烈的掌声。而最感难堪的，倒是那几位"考据家"和"名师"。

此癖非独今日有，遥遥古步已先行。

陶渊明有一篇文章，叫《与子俨等疏》，子俨是他的长子，下面还有四个弟弟。疏是一种文体，通常用于训诫、告谕或者说明情况。钱锺书先生引述这篇文章中的一句话："然汝等虽不同生，当思四海皆兄弟之义"，说明由于被人过度穿凿、随意阐解，结果，不仅背离了原意，而且闹出了笑话。这句话本意是说，他的几个儿子虽然不是同时出生，但要团结友爱，因为"四海之内皆兄弟"，何况是同胞骨肉呢！不料，后世的学究们却穿凿附会，猜测陶渊明有妻有妾，或者说他的妻子死后又续娶了一房，或者说他有两个孪生的儿子。这样将无做有，节外生枝，岂不可笑！

三

从上述几则事例中，引出了一个道理：凡事，应该顺应自然，不宜穿凿过度，无限吹求。在人们的心目中，过于简单的事物，或者一看就懂的事，体现不出来高深的学问；因而习惯于把本来十分简单的问题特意复杂化，于是，层层追索，步步深挖，最后竟然闹出了令人哭笑不得的趣闻。

近日，看到刊载于《新华日报》的贾梦雨的一篇文章，其中谈到了中小学考试中常见的"过度解读"问题：

　　"过度解读"往往意味着钻牛角尖，一些考题拼命"臆想"文章背后的微言大义，到了挖地三尺乃至歇斯底里的地步。比如说，一个考题中，作者写自己"抓耳挠腮",题目要求学生"写出作者当时的五个心理活动"。还有一道考题开篇引述了一句诗:"花开的声音",要求学生指出其中"常识性错误在哪里"。翻开现在的各类中小学语文试题,这样的考题层出不穷。一位学生家长说,他上小学的孩子,经常拿这些考题向自己请教,让自己很"无助",很"无语"。其实,这些微言大义,往往带有出题者自己的局限、偏见乃至错误,不但与作者无关,更与文本无关,尤其是一些文学性表达,完全变成"分数点"后,人文意境和审美意义已被忽略了。很显然,"过度解读"割裂了文章意蕴,伤害了文化审美;牵强附会的解读,没有把学生的思想和审美引向深入,反而让学生陷入了机械化与枯燥化之中,文字与语言的美感消失了,在为难学生的同时,也让语文教学走向了歧途。

过度解读、过度索解、过度阐释,也会影响到学生的思维习惯。一次,老师给学生出题:"一个人面向东,一个人面向西,他们中间至少要放几面镜子才能相互看到对方的脸?"学生听了,认真进行思考,又反复演练、测算。于是,有的学生答说:两面;有的答说,至少要四面。最后,老师亮出了答案:根本用不着镜子,一面也不需要。是呀,两个人,一人向东,一人向西,不正好是面对面吗?还用什么镜子!学生说,没想到,老师会出这么简单的题。

　　走笔至此，我又想起了过去的一则趣闻：一九四五年，著名漫画家廖冰兄的漫画《猫国春秋》在重庆展出，郭沫若先生应邀参加首展剪彩仪式。郭沫若问廖冰兄："你的名字为什么取得这么古怪，要自称为兄呢？"版画家王琦代为解释："他有个妹妹名字叫冰，兄妹二人相依为命，所以他就取名为冰兄。"郭沫若听了哈哈大笑，说："噢，我明白了，郁达夫的妻子一定叫郁达；邵力子的父亲一定叫邵力。"引得在座宾客捧腹大笑。

　　其实，郁达夫也好，邵力子也好，郭沫若都是十分熟悉的，他不会不知道他们的亲情、家世。他这样说，不过是开个玩笑罢了。

　　凡事都有个"度"，度是一定的质所能容纳的量的活动范围的最高与最低界限。生活常识也好，生存智慧也好，无不告诉人们，在实践过程中，必须掌握适度的原则，也就是把握好分寸。辛弃疾词中"物无美恶，过则为灾"一语，有深意存焉。

（2014年）

为摄影师写照

一

几十年间，在照相机前留影，怕是不止上千次吧；可是，唯有这一次，印象最为深刻，令我动心动容、历久难忘。

这天午前，我在家里接受《名人文化》杂志记者的采访。记者是一位年轻的女性，供职于市内一所高校。一同前来的还有一位中年男子——从名片上，得知他叫陈建，是这所高校以及杂志的首席摄影师。我猜想，这是为了给访问记配上一两幅照片，于是，提议先请陈先生操作。没料到，他却一面摆弄照相器材，一面漫声回应："不急，不急。你们谈你们的，不用管我。"

听这样说，我们便也不再客气，对坐在沙发上，开始了天南海北、过去现在的时空漫话。记者提出的问题十分广泛，我在随口作答的间隙，也总是不忘瞟上陈先生一眼。只见他把帽遮儿移到脑后，手擎着一个较长焦距的相机，在客厅里往复走动着，眼睛却一直在紧盯着我的面孔，偶尔扫一眼作为背景的我身后的书架，又迅疾地把目光移回到我的脸上。这时，只有这时，我才恍然于我的面孔竟是如此这般的重要！记得美国作家丹尼尔·麦克尼尔在他的作品《面孔》一书中，有过如下的议论："活人的脸是我们所要面对的最为重要也最为神秘的表面。它是我们肌肉的中心。人类特别重要的五种官能中的四种都在脸上，它能将一个人自身的情况展现无遗。""每一张脸都活生生地表现着隐藏其后的本性。面孔无可抑制地表达着内心世界，当我们说喜欢一张面孔时，我们指的是赋予那张面孔以生命力的灵魂。""每一张面孔都是独一无二的。六十亿张面孔使地球熠熠生辉。""面孔是我们作为个体的标记，它所发送的信息，迄今为止，就是科学也难以将其解释清楚，它的美仍使我们着迷，使我们陶醉。"原来如此！

眼下，为了对付我的这张极度平常的面孔，这位摄影师可说是"使尽了浑身解数"，极度辛勤、劳碌；但他自始至终，转换视角也好，移动位置也好，把握光线也好，一切都立足于主观，所谓"尽其在己"，而没有对摄影对象提出任何要求。不像有些摄影师不断地提示：一会儿叫对象"头再仰点"，"神态自然点"，"精神放松点"；一会儿又提出调整位置、场景、设施……而他很多时间，都是手端着相机，静静地站在那里，完全沉浸在典型瞬间的捕捉之中，是那么专注，那么投入，那么认真！这样也好，渐渐地我便也忘记了他和这架相机的存在，简直像"没有这回事儿似的"，顾自同文字记者上下古今地畅谈着。

作为艺术实践，摄影的过程是艺术美的发现、捕捉与创造的过程。诚如法国著名雕塑家罗丹所说，用"自己的眼睛去看别人见过的东西，在别人司空见惯的东西上，能够发现出美来"。其间，有寻觅，有搜索，有发现，有等待，焦灼中夹着快慰，劳累里饱尝欢欣。摄影中的艺术形象，无疑都是摄影家审美意识与审美创造的产物，凭借其视觉思维能力，运用他的知觉、智慧与情感，启动非凡的想象力；同时，还要排除种种杂念，摆脱传统摄影观念的束缚，大胆探索、创新，发掘与提炼客体对象的心灵、美感；当外物的形态完全契合了内心的设想，客体对象与摄影者的期待高度融合，实现了光、影、色最佳结合的瞬间，便神速地按下快门，随之脸上也相应地绽放出满足感、愉悦感。当时，我想：这种美的发现、孕育、捕捉与创造，和我写作散文是同一机杼、毫无二致的，我应该把这种审美创造过程用文字展现出来，于是萌发了为摄影师写照的意念。

二

几天过后，陈建先生通过女记者，以邮件形式发过来七张照片，全部是头部特写，多为黑白照。看了，我非常喜欢，心中满溢着感念之情，当即从中选出两张，准备应用于待出的《充闾文集》。出版社美编同样予以热烈赞赏，认为是精美的艺术作品。

在一般人心目中，照相不同于绘画，似乎容易得多，没有更高深的艺术可言，只要取好景，选好角度，"咔嚓"一按，作品就出来了；即便是认识到其中有艺术技巧可循，也只是着眼于技术装备，诸如高价购置电子闪光装置、高速自动聚焦镜头、新型感光材料等等。看得出来，这方面的认识误区还真是不小。

"隔行如隔山"，我不是行家里手，说不清楚更深的道理。只是年轻时从事新闻工作，我曾多次会同摄影记者联袂外出采访，随时听到一些关于摄影艺术的讲解。这次，结合照片欣赏，使沉积于头脑中的一些艺术知识活了起来。我总觉得，拍摄这类特写型的以表现被摄者的具体形貌和精神状态为主的人像摄影，绝非易事。起码要讲究形神兼备吧？一幅成功作品，应该是神情、姿态、构图、照明、曝光、制作等众多因素的合理组合，诸如角度的选择、光线的运用、神态的掌握、质感的表现等等，要求都非常严格，单是摄制过程中光线一项，就有光源位置、光线强度、柔光与硬光的取舍以及侧光、背光、阴影的应用，十分繁杂。

我听老一辈的摄影艺术家讲过，摄影是光与影的艺术，光是摄影的命脉与灵魂。光线在摄影中负载着被摄物体的形态、色彩、质感、意境等种种信息。同写文章一样，摄影也需要构思，表现为光质、光效、光色的掌握与运筹。这种构思，始于创作意念的萌动；继之是形象的酝酿与摄取；最后是进行具体的艺术处理。构思的过程，就是妥善地发挥光的效应，摸透光的变化特征与规律的过程，一是强调简洁；二是重视动感。

　　具体联系到陈建先生的摄影作品，我注意到，他很喜欢运用自然光线，把拍摄对象的神情、心态，通过黑、白、灰三色托映出来。在实际构思中，与光线同时发挥关键作用的，还有色调、线条、角度，它们通称"摄影语言"。陈建正是靠着对"摄影语言"的掌控，来提炼、强化视觉的冲击力与艺术形象的表现力。论者对于陈建的摄影作品的艺术造诣，予以高度肯定，许之以"在岁月的沉淀下，变得更加完美，堪称是摄影艺术的精品。他的光与影的捕捉、虚与实的融合、静与动的搭配、形与神的协调，已经达到了炉火纯青的佳境"；"他能在常见中提炼繁彩，在琐细中凝聚精华，在司空见惯的每一个景物中，达致令人叹为观止的通融之美"。

　　作为艺术创作，我觉得，除了技艺、技巧，还有更重要的内在要求。摄影自然也不例外。人像摄影，一向被认为"光影艺术"的典型表现形式，其真髓在于传神，在于摄取神思、气质、意象。应该像古籍中所载的九方皋相马那样，得其精而忘其粗，遗其貌而取其神。"意足不求颜色似"，重视神理、本质，而不胶着于牝牡骊黄。如同汉代学者王充在《论衡》中所讲的："志有所存，顾不见泰山；思有所至，有身不暇徇也。"当一个人专心致志于某一学问或事业时，他可能连泰山也视而不见，连身边的事情也无暇顾及。

　　陈建先生摄影、取象的最高鹄的，大概与此相近吧？

三

毕竟不是陈建"腹中的蛔虫",我妄加猜测,缺乏足够的把握。为此,最近特意前往他所在的高校,在前次晤谈的基础上,听他作进一步的讲说。

他说,摄影表面上看,是运用器材进行产品制作,实际情况是,这种审美创造,不仅在物,而且在心,是心与物的结合体,是心灵借助物象来表现摄影者的情趣、意向、追求。诚然,摄影师是在为他人造影,但实际上,每时每刻,他自己都参与其中,进行有目的的创造。即便拍摄的是一砖一石、一草一木,里面也都渗透着摄影者的情感,"道是无情却有情"。特别是如果对象为他所热爱、所景仰,拍摄中便会渗透进个人的情感,美感就会格外地凸显出来。人们常说,美的欣赏是意象的情趣化;其实,美的创造尤其脱离不开心灵的创造。艺术家是欢乐的,因为创作使人处于自足自得状态,本身会带来一种成就感。

他说,正是源于心灵的创造,所以,摄影者的阅历在艺术创造中的作用是显著的。对于摄影对象来说,岁月、经历、神志、气质、身份全都写在脸上。能否捕捉得到,决定于摄影者的认知水平与统摄能力——这都和阅历相关。我在高校教课,有这方面的切身体会:同样是大学生,刚入校的大一学生,眼睛是清澈的、纯净的,几年过后,阅历增加,目光就变得深沉、凝重了。

　　文友看了我的这篇散文，发表了如下见解：摄影师陈建用光影和线条描绘出作家的特有风采；而作家则用泼洒灵动的笔墨为摄影师作了传神的写照。二人互为作手，又互为对象，令人联想起现代著名诗人卞之琳的《断章》一诗，那里面跃动着两个看风景的人在观景时相互间所发生的那种极有情趣的戏剧性关系——

　　　　你站在桥上看风景，
　　　　看风景人在楼上看你；
　　　　明月装饰了你的窗子，
　　　　你装饰了别人的梦。

　　看来，每个人都不是独立存在的，我们欣赏、关注着别人，也同样又被别人欣赏、关注着，就像那桥上看风景的人会成为风景，谁知道那楼上看风景的人会不会成为另一个看风景人的风景呢？

　　为此，文友同时建议：把我原定的散文题目"寻觅·等待"，改成"为摄影师写照"。

辑三

踏不上的泥土，总被认为是最香甜的。何妨留下一片充满期待与想象的天地，付诸余生忆念，纵使他日无缘踏上，也尽可神驰万里，向往于无穷了。

读三峡

一

　　"船窗低亚小栏干，竟日青山画里看。"我满怀着四十余年的渴慕，放舟江上，畅游三峡，饱览着山川胜景。

　　伴着船行激起的"沙沙、澌澌"的水声，迎来又送走那峥嵘、嶙峋的山影。江轮在危岩绝壁间婉转穿行，眼看要撞在迎面横过来的陡壁上，却灵巧地一闪，辟出一片生面别开的天地。真是"山塞疑无路，湾回别有天"，不能不由衷地佩服古诗用字的贴切。

　　老杜笔力的雄健更是令人心折，群山万壑，的确像无数匹高高低低的骏马，脱缰解辔，挤挤撞撞，奔赴荆门。谪仙作诗，惯用夸张手法，但他刻画三峡之险巇："上有六龙回日之高标，下有冲波逆折之回川。黄鹤之飞尚不得过，猿猱欲度愁攀援"，则全是写实。

　　峡中景色变化无常，适才还是"高江急峡雷霆斗"，令人目骇神摇，霎时烟云浮荡，一变而为惝恍迷离，幻成一幅绝妙的米家山水。游人也随之从现时的有限形象转入绵邈无际的心灵境域，玲珑相见，灵犀互通，开掘出融心理境界、生活体验、艺术创造的第二自然于一体的多维向度。

一些峭拔的石壁，由于亿万斯年风雨剥蚀，岩石现出许许多多的层次和异常分明的轮廓，或竖向排列，或重叠摆放，或向两侧摊开，使人想起"书似青山常乱叠"的诗句。船过兵书宝剑峡，这种"书"的概念就更加浓重了。相传诸葛亮入川时，路过三峡，曾把神人赐与的兵书藏在峭壁之上。清代诗人张船山煞有介事地咏叹道：

天上阴符定不同，山川终古傲英雄。
奇书未许人间读，我驾云梯欲仰攻。

而另一位诗人则从另一个角度去做文章：

兵法在一心，兵书言总固。
弃置大峡中，恐怕后人误。

平日嗜书如命的我，座前、案边、眼中、心上，无往而不是书卷。孤寂时，有书相伴，会觉得"书卷多情似故人"；夜阑人静，手倦抛书，也习惯于"三更有梦书当枕"。此刻，面对着峡江胜境，"书痴"自然要把它捧起来当书读了。

二

　　三峡，这部上接苍冥、下临江底、近四百里长的硕大无朋的典籍，是异常古老的。早在语言文字出现之前，不，应该说早在"混沌初开，乾坤始奠"之际，它就已经摊开在这里了。它的每一叠岩页，都是历史老人留下的回音壁、记事珠和备忘录。里面镂刻着岁月的屐痕，律动着乾坤的吐纳，展现着大自然的启示，里面映照着尧时日、秦时月、汉时云，浸透了造化的情思与眼泪。

　　我们不能设想，在自己有限的一生中读尽它的无限内涵，但是，总可以观嬗变于烟波浩渺之外，启哲思于残编断简之中。作为现实与有限的存在物，人们徜徉其间，一种对山川形胜的原始恋情与源远流长的历史激动，会不期然而然地被呼唤出来。

　　在这锦山绣水之间，早在五千年前就曾闪烁着大溪文化的异彩。两千年前，扁舟一叶从那条唤作香溪的小河里，载出一位绝代佳姝。"昭君自有千秋在，胡汉和亲识见高"，不独阊里之荣，也是邦家之光。两汉之交，公孙述枭踞白帝城，跃马称帝。过了三周甲子，这里又成了吴蜀争雄的战场。年轻的陆逊创建了"火烧连营七百里"的赫赫战功；刘先主永安宫一病不起，将他的嗣子以及未竟的事业，连同未来的千般险阻，一股脑儿托付给他的军师；诸葛公神机妙算，在鱼腹浦摆下了"八阵图"。"自从归顺了皇叔爷的驾，匹马单刀取过巫峡"。老将黄忠的行迹，至今还留在《定军山》的戏文里。但是，"卧龙跃马终黄土，人事音书漫寂寥"。今日舟行访古，不仅史迹久湮，而江山亦不可复识矣。

假如三峡中壁立的群峰是一排历史的录音机，它一定会录下历代诗人一颗颗敏感心灵的摧肝折骨的呐喊和豪情似火的朗吟。"屈平词赋悬日月"，船过秭归，人们面对着万树丹橘，总要联想起那以物拟人的不朽名篇《橘颂》；而当朝辞白帝，放舟三峡，又必然记诵起李白的流传千古的佳什。

在这里，杜少陵经历了创作的极盛时期，二年时间写诗四百三十七首，占了他全部诗作的三分之一以上。刘禹锡出守夔州，在当地民歌的基础上，首创了文人笔下的充满浓郁生活气息和地方特色的竹枝词。前后相隔二百余年，白氏兄弟与苏家父子的诗章，使三游洞四壁增辉，名闻遐迩。

洎乎现代，"江山仍画里，人物已超前"。陈毅元帅的三峡诗，蕴藉沉雄；毛泽东主席"高峡出平湖"的雄词，堪称千古绝唱。面对着意念中的历代诗屏和眼前的山川形胜，我也情不自禁地写下一首七绝：

> 轻舟如箭下江陵，高峡急江一水争。
> 短梦未成千嶂过，巫山何处听猿声？

布鼓雷门，非敢附骥，也不是要作谪仙的翻案文字，纪实而已。

三

　　就诗而言，巫山十二峰可以说是一部不是靠语言文字而是由境界氛围酿成的朦胧诗卷。两岸诸峰时隐时现，忽近忽远，笼罩在云气氤氲、雨意迷离的万古空蒙之中，透出一种"悠然心会，妙处难与君说"的朦胧意态。"一自高唐赋成后，楚天云雨尽堪疑。""神女生涯"为人们留下了无穷的想象空间，成了所谓"象外之象，景外之景"。

　　也许这样远远望着那万古烟云，谛听着她的模糊的默示，更富迷人的魅力；如果有谁过于刻板、认真，率性攀到峰头去睒视一番神女的芳姿，恐怕那风化的巉岩会令人意兴索然，大失所望的。

　　比之于绘画，巫山十二峰无疑是整个三峡风景线上一条最为雄奇秀美的山水画廊。在这里，勾皴点染、浓淡干湿、阴阳向背、疏密虚实等各种表现手法兼备毕具。那群峰竞秀、断岸千尺的高峡奇观，宛如刀锋峻劲、层次分明的版画；而云封雾障中的似有若无、令人神凝意远的万叠青峦，则与水墨画同其韵致。

　　整个三峡，也并不都是怡情悦性的画境诗笺，它还是一部描绘奋斗人生、满布着坎坷与风浪的惊险之作。我看到过一幅《巴船下峡图》的古画：在狭窄湍急的滩口中，船工们全神贯注、高度紧张地使篙撑船，同无情的礁石、激流做殊死的决斗。际此"天下至险之地，行路极危之时"，"摇橹者

皆汗手死心，面无人色"。白帝城中一幢古碑上，也有"瞿
塘峡口波涛汹涌，奔腾万状，舟行至此，靡不动魄惊心"的
记载。

　　至于流传在两岸世代人民口头上、记忆中的，更是举不
胜举。今日舟行江上，耳畔还仿佛鼓荡着古老的黄牛峡歌和
滟滪谣。在这种生死系于顷刻，战战兢兢，提心在口的情势
下，赏玩江峡奇景，根本无从谈起。正如《水经注》引袁山
松所述："峡中水疾，书记及口传悉以临惧相戒，曾无称有山
水之美也。"

　　新中国成立后，三峡航段经过了彻底整治，出川入川，
流缓波平，从容稳渡，再不用"愁水又愁风"了。但事物总
是复杂的，有人却又感到划尽崎岖，平淡寡味，怅然若有所
失。这从审美的角度来说，也自有他的道理。

四

　　清末民初著名学者王国维有过"古今之成大事业、大学
问者必经三种之境界"的说法，还有人把绘画分为写实、传
神、妙悟三个层次。我以为，读三峡可能也有三种灵境：

　　始读之，止于心灵对自然美的直接感悟，目注神驰，怦
然心动。这种灵境，大体上，像是晋人袁山松对于三峡的观
赏："仰瞩俯映，弥习弥佳，流连信宿，不觉忘返。"

　　再读之，就会感到主观的生命情调与客观景物交融互渗，
物我融成了一体，亦即辛弃疾词中所说的："我见青山多妩媚，

料青山见我应如是。情与貌，略相似。"

卒读之，则身入化境，浓酣忘我，"冲然而澹，翛然而远"，进入《易经》上讲的那种"天地氤氲，万物化醇"的灵境，此刻该是"此中有真意，欲辨已忘言"了。（现在，我还能刺刺不休地饶舌，说明离这种"化境"尚远。）

读三峡，有乘上、下水船两种读法。乘上水船，虽然体味不到"轻舟飞过万重山"的酣畅淋漓的快感，但颇有利于从容玩味，沉思遐想。"读书切忌太匆忙，涵泳工夫意味长"。读三峡，也是如此，不能心浮气躁，囫囵吞枣。下水船疾飞似箭，过眼烟云，留不下深刻的印象，其弊正在于此。

但是，下水船又有其独特的美学效应。本来两岸的青松、丹橘、翠峦、粉堞，彼此相距甚远，但由于船行急速，拉近了它们的距离，造成眼前多种物象重合叠印的错觉，从而丰富和充实了视觉形象，即使物象渐渐消失，也能留下一种雄奇的意境与奋发的情思。鉴于两种读法各有得失，我们通过双程往返，兼取了二者之长。

人说大宁河上的小三峡是三峡的聚珍版和缩印本，景色绝佳，而且，由于滩险岩奇，还可以补偿由于三峡惊险场面的消除所造成的失落。可惜，因为时间有限，交臂失之，说来也是一桩憾事。

但是，我用另一面的道理宽慰自己：美学上讲究逸韵悠然，有余不尽，忌讳一览无余，因而有"不到顶点"的说法。怕的是到达顶点就到了止境，捆住了想象的翅膀。龚自珍有诗云：

未济终焉心缥缈，万事都从缺处好。

吟到夕阳山外山，世间难免余情绕。

踏不上的泥土，总被认为是最香甜的。何妨留下一片充满期待与想象的天地，付诸余生忆念，纵使他日无缘踏上，也尽可神驰万里，向往于无穷了。

（1991年）

清风白水

诗文讲究风格，古人形容苏东坡的词风豪放，说是像关西大汉执铜琶铁板，唱"大江东去"，而柳永的词则是缠绵悱恻，如二八女郎手执红牙玉板，唱"杨柳岸晓风残月"。

其实，风景区何独不然！它们的风格特征也是极其鲜明的，泰山的威严肃穆，迥然不同于黄山的瑰奇峭美；"山色如娥，花光如颊，温风如酒，波纹如绫"的西子湖，与"气蒸云梦泽，波撼岳阳城"的八百里洞庭悬同霄壤；同是天池，长白天池与天山天池也是风格各异的。

川西北岷山丛林中的九寨沟的特色，是朦胧、神秘、绮丽、自然，充满荒情野趣，全无雕琢痕迹。如果说，泰山具有老年人那种饱经风雨、阅尽繁华的成熟与镇定，那么，九寨沟就是少男少女般的活泼、烂漫，清风白水，一片童真。以言艺术美、人文美，或许不及其他许多风景名胜；以言自然美，则是各地难以比驾的。

说它绮丽，首先要从水谈起。这里有三沟、二滩、四瀑、十八群湖、一百零八个海子。水是九寨沟景观的主旋律，真个是"江湖满地"。我十分艳羡这里的天空，竟有那么多面镜子黑天白日为它鉴形照影。

天涯何处无清水？难得的是，这里的原始生态保持得很好，因而水质绝少污染，清澈异常，透明度达到二三十米。空气清新甜美，天空蔚蓝如拭，没有一丝浮尘雾霭。大自然的神工，将泉湖溪瀑聚敛为一体，组成一个和谐的世界。

清晨，镜海上映出一幅幅"山林全息图"的倒影。人们站在湖边，连嘴角的笑涡、睫毛的飞动都照得一清二楚，更不要说天上疾飞的翠鸟、眷恋的白云、四周峭拔的层峦、肃穆的丛林，无一不被它收入澄澈的波心。面对着"鱼在天上游，鸟在水底飞"这颠倒迷离、虚实莫辨的奇观，人们都赞不绝口。可惜，胜景不长，一阵微风掠过，湖面上便荡起一层细微的涟漪，像是尚未凝固的玻璃浆液，倏忽间里面的一切景象都变得模糊起来。

遍游世界的旅行家，常常赞美前苏联巴伦支海基里奇岛的五层湖的奇观：湖水分为五个层次，水质、水色和生物群各不相同而又互不混淆，构成一个绚丽多彩的湖中世界。也有人称誉印度尼西亚的努沙登加拉群岛上左湖艳红、右湖碧绿、后湖淡青的三色湖胜景。

但我相信，当他们看到九寨沟的融五光十色于一湖的五花海后，定会叹为观止。五花海的水与四周丛林组成一个以翠蓝色为基调的色库，湖水因深浅和沉积物的不同，而呈橙红、鹅黄、墨绿、翠蓝、绀紫等多彩的色膜版，在阳光照射下，清澈的涟漪闪烁着层层光环，构成无数的不规则的几何形色区，相互浸淫，加上湖底沉积的珊瑚、琼花般的海藻的映衬，其色泽之绚美，变幻之神奇，堪令天惊地叹。

瀑布之奇，常在于天半高悬，飞流直下，恍如银河倾泻。而九寨沟的瀑布，却是由四十多个首尾相衔的群海构成，以其平地上陡起波澜而引人入胜。由于水碛物在河谷中沉积，形成了弯月形的凸堤，随着时间推移，钙华层层堆高，便出现了首尾衔接、翠湖叠瀑的特异景观。又兼堤埂遍生林木，气势恢宏的水流从婀娜多姿的花树丛中兵分几路冲杀出来，大有"六龙卷海，万马呼风"之势。不仅绿波掩映，白浪滚翻，爆炸出生命的光华声色，而且，瀑从树中出、树在瀑中长的奇观，也洵属世间罕见。

二

九寨沟与其他许多著名风景区不同，亘古以来，"隐在深山人未识"，是一片与世隔绝的典型的处女地。这里除了世世代代散居着为数不多的藏族同胞，那些性耽山水、情系烟霞的文人墨客从未涉足，因此，过去"名不见经传"，人文景观相对缺乏。

此间，多的是古艳动人的神话传说，它们以原始思维的想象和幻想、虚构的形式，曲折地反映出藏族劳动人民在征服自然的劳动、斗争、爱情生活中的经验、理想、感情和愿望。这种特异的历史文化积淀的形成，当然和它长期处于封闭式的环境，脱离原始状态较晚有直接关系。

作为民族远古的梦、文化的根、精神活动的智慧之果，口头传承的原始文化结晶和无意识的集体信仰，神话传说在九寨沟可说是满坑满谷，俯拾即是，几乎所有的景观都和神话传说，特别是和挚诚相恋的男神达戈、女神沃诺色嫫的爱情故事相联系。他们赋形于沟内两座最高的山峰，既是神，也是同自然做斗争、从事劳动生产的强者，是半人半神、人性多于神性的偶像。而另一座险怪的峭岩，则是一个插足其间的魔鬼化身的第三者。

许多景物都围绕着这根主线被赋予神奇的来历。比如，色嫫失手打碎了达戈赠给的梳妆宝镜，碎成一百零八块，就成了今天九寨沟一百零八个晶莹澄澈、光可鉴影的海子；那跳玉溅珠的珍珠滩，则是色嫫项链上的光洁圆润的珍珠汇成的溪海奇观；那一片片一条条银绸素练般的奔流急瀑，来自神女的纺织台；那长海岸边的苍劲挺拔、枝丫侧向一旁的古柏，乃是为民除害，折断左臂的沃秀老人的化身。

这里的山，因那些神话传说而更加瑰奇神秘；这里的水，因那些美丽的传说而益发富有魅力。晨昏相对，令人想象其中必有帝子天神驾螭乘虬，驰骋其间。它使素以"童话世界"著称的九寨沟，又罩上了一层神话世界的色彩。

神话传说在各民族的古代生活中，并不是一堆无机物的沉积，而是经常发挥着弥补生活中的不足的积极作用。有人说，梦是一个受压抑的愿望的满足。那么，神话则是贫弱民族的财产——现实生活中迫切需要却又无力实现的事情，就以代偿的形式付诸余生梦想，久而成为神话。因此，透过这些神话传说，不仅可以捕捉到历史的影像，而且，能够窥见远古先民的世界观、宇宙观、价值观，察知他们的真实感情和精神世界。

这些神话传说反映了早期人类智力活动的一个显著特点，就是喜欢在各种自然现象或社会现象中寻求一种因果关系。可以说，许多神话都是对因果关系作出的某一类解答。而且，人类原始思维虽然具体、形象，联想力非常丰富，但是，根据事物本身的性质作出逻辑推理的能力，却十分低下。因此，只能借助"拟人化"即万物有灵的思维方式，来理解和解释世界。

当看到满山火红的秋叶，便想到贪杯醉酒的壮汉，或脸罩红纱的倩女；把由碳酸盐聚集而成的水中凸堤想象成为民造福、鳞甲飞动的戏水蛟龙。正是这种惝恍迷离的意象与传说，造成一种朦胧的意境、"人化的自然"，从而，赋予各种自然景观以诗情、理趣，使九寨沟原本就瑰丽迷人的景观更加富有魅力，筑成连接过去、现在、未来的一座虹桥，沟通梦境、现实、希望的一条彩路。

我访九寨沟时，正当知命之年，已经是告别童话与神话的时期了，但置身其间，又仿佛找回了飞逝已久的童年，重温和白雪公主、美人鱼为伴的幻想世界，恢复了清风白水般的童真。同这种雾气氤氲缠绕在一起，幻者似真，真者疑幻，怕是几个清宵好梦也难以遣散的了。

三

当然，这种感觉的形成，不仅仅是因为这里富有恍兮惚兮的神话传说，而且，同九寨沟的自然天籁、荒情野趣有关。

那淙淙飞瀑，飒飒松风，关关鸟语，唧唧虫鸣，那水中五光十色、迷离扑朔、绚丽多姿的碧波，山上宛如娇羞不语、情窦初开的少女的笑靥的杜鹃花蕾，那隐现在水雾氤氲的瀑面上，酷似七彩神龙夭矫天半的虹彩，那原始森林中绿茵茵、暄蓬蓬，绒毛地毯般的地衣和悬挂在枝头的一丝丝、一缕缕，随风飘荡，如新娘头上轻柔的婚纱的长松萝，那五角枫、高山栎、黄栌木、青榨槭的如霞似火，燃遍天际的醉叶，那充盈着质朴的美、粗犷的美、宁静的美的梦之谷，画之廊，都在人类感情的琴弦上奏起美妙的和声，不期而然地淹入了你的性灵。

在这里度过一个假日，真像裸体的婴孩扑入母亲的怀抱，生发出一种重葆童真，宠辱皆忘，挣脱小我牢笼，返回精神家园，与壮美清新的自然融为一体的感觉。

据鸟类专家调查，九寨沟有鸟类一百四十多种。这些天才的音乐家、优雅的舞仙，诸如亭亭玉立、单足点地的鹭鸶，"贞姿自耿介"、"白雪耻容颜"的白鹇，翱翔于芦苇海上、盘旋飞舞的苍鹰，通体蓝灰、头侧绯红、宛如头戴京剧武将脸谱、尾翘三尺龙泉的我国独有的蓝马鸡，在箭岩景区次生林设擂赛歌的百灵鸟，终朝奏着凄婉的森林咏叹调的子规，扬着花腔高音的山噪眉，以"笃笃笃"的击木声为林中交响乐团敲着定音鼓的啄木鸟，都给神奇的九寨沟布下一层浓烈的原始古朴的荒情野趣。

这里应该大书一笔的，是被誉为"九寨一宝"的大熊猫。游人在长海一带，常常会碰到它们在溪边喝水，那种娇憨痴笨、悠然自得之态，令人忍俊不禁。熊猫饮水，颇似酒徒贪杯，一边喝着，一边侧耳聆听水声，细细品尝其中滋味，流露一种忘机出世的神情。如果没有外来事物干扰，它总是喝得肚皮隆起，一"醉"方休，而后便若无其事地拖着笨拙的身躯，一摇一摆地向箭竹林蹒跚走去。有的撑得不省"人事"，倒卧溪边，忘却了昏晓。

四

应该说，我们欣赏九寨沟的自然天籁，并不意味着赞赏它的与世隔绝，或不加分析地提倡保持原始状态。现代化与对外开放，是历史发展的必然趋势。隔绝世事，毕竟是社会进步的致命障碍。生活的环境越是隔绝，文化便越发落后、脆弱、单调，缺乏必要的应变能力。而且，处于原始状态的自然事物，也很难说它具有什么美的属性。

试想，在混沌初开、洪荒未辟之时，洪水泛滥，疫疠流行，毒蛇猛兽到处伤人，长林古木自生自灭，又有什么美之可言！只有当劳动人民成为大地的主宰，不断地改造客观世界，同时，也发展了自身的认识与能力，这样，大自然在人们的心目中才具有了美感。

寻访九寨沟，我的心情常常处于矛盾状态。面对那醉人的湖山秀色，我曾深深为之惋惜：长期僻处深山密林之中，鲜为人知，空度了无涯岁月，辜负了天生丽质。但是，当我看到坐落在海拔二千六百米的湖山胜境的日则招待所门前，一群吃罢山禽盛宴、喝得烂醉如泥的年轻人，乱掷罐头、酒瓶，随处便溺、呕吐，丑态百出的情景，又觉得开发得晚也未必不是它的幸运。在工业文明的物欲满足往往是以破坏生态平衡为其代价的现代社会里，如果九寨沟早几十年面世，恐怕今天再也见不着这块净土了。

自然界有其自身合法的权利和独立的价值。我们每个生活在地球母亲怀抱中的现代人，都应该对生态环境有一种深沉的眷恋意识和自觉的责任感。遗憾的是，在这方面，人们常常忘本。人是自然的产儿，但在成为文明人以后，便一天天远离自然，掉头不顾了。

在这红尘十丈的喧嚣世界里，人们对于自然环境，应该去掉那种极为近视、极为功利的价值取向和审美情趣，多为人类、多为子孙着想，重视保护生态环境——这地球上一切生命的根基，珍惜这新鲜的空气，净洁的水源，明媚的阳光和未经污染的土地。

应该认真汲取西方工业国家先征服自然、破坏自然，而后才想到爱护自然、恢复自然，结果事倍功半、百难偿一的沉痛教训，设法超越人与自然分裂、对立的历史阶段，从现代化进程伊始，便早自为计，尽力保护自然生态平衡，莫待那些最珍贵的东西一去不复返时，再来哀叹、悔恨和痛惜。

愿你永在，九寨沟的清风白水！

（1989年）

山灵有语

一

这里地处流光溢彩、堆金洒银的河套平原。贺兰山绵亘数百里，宛若一列壁立千仞的天然屏障，拦阻了西面蒙古高原的卷地风沙和凛冽寒流；东面是亿万斯年滔滔滚滚的黄河，连同开凿于一两千年前的秦渠、汉渠、唐徕渠，为浩瀚无垠的田畴草野输送了充足的水源。所以，自古就有"天下黄河富宁夏"的民谚。

早在数千年前，祖国西北部的众多少数民族就在这一带繁衍生息，游牧射猎。见诸史籍的，商周至春秋战国时期，贺兰山下主要游动着猃狁、羌、戎等部族；秦、汉至南北朝时期，先后有匈奴、鲜卑、氐、羯等族活跃其间；隋唐两代，突厥、回鹘、吐蕃等族聚居于此；迨至两宋、辽金、西夏时期，这里在党项族的治下；元代则为蒙古族所领有。他们一个跟着一个，联翩接踵地进入这个游牧民族的天堂，相继成为历史舞台上的主角，演出了一幕幕威武雄壮的历史活剧，传承着社会文明的熊熊爝火，为建构整个中华民族的伟大文明传统做出了应有的贡献。

随着时序的推移，他们有的迁徙了，有的演化了，有的消亡了，像翱翔于万里晴空的成群结队的候鸟一般，呼啦啦地飞来，又急匆匆地逸去，许多重大活动，文字都没有记载下来，甚至煌煌正史上也尽付阙如。就中，以相对晚近一些的党项族建立的大夏国留下的历史遗迹较多。他们在近二百年时段里，仿照中原王朝的模式，在都城和林峦佳处建起了金碧辉煌的楼台宫馆，还在贺兰山下选定五十平方公里的地面，为历代君王夜台长眠之地，营造了数百座金字塔形的陵墓。世事如棋，沧桑迭变。于今，当日的千般绮丽，万种豪华，都付与荒烟蔓草，只剩下一些萧条破败的枯冢，见证着往昔的繁荣。

我对贺兰山的关注，倒无关乎这些西夏王陵，而是肇因于早年记诵的一首著名的宋词。不过，当时我也不知道，遍布于贺兰山东麓多处山口，刻有数以万计的岩画，尤其是"贺兰山缺"的人面画最为精彩，堪称岩画艺术荟萃之地；否则，我这个憨直的少年，一定会急着嚷叫："长车"可要换个地方"踏破"呀！

近日听说，公务员考试有一道试题："历史与文化的记载靠什么？"答案为："文字与建筑是两条并行的主线。"作为历史与文化的载体，建筑是直观的，比如万里长城与帝王陵寝都是举目可见的；而刻写在竹简、甲骨、金石、丝帛、皮革、纸张上的文字，则是抽象的，具有符号性质。既曰主线，必然还有辅线，其中应该包括语言——神话传说、民间故事、说书讲古、里巷轶闻等口头传承方式；再就是被称为"人类早期艺术的活化石"、"古代游牧民族形象的史书"，形成于浑沌初开时期的岩画，同样不应忽视，而且它还独具特色。

历史，亦即人类的活动史，是一次性的，它是所有一切"存在"中独一以当下不再为条件的。当历史成其为历史，它作为曾在，即意味着不复存在，包括特定的环境、当事人及其活动场景、般般情事，在整体上已经永远消逝了。在这种情况下，不在场的后人——史学家选择、整理史料，进行文本化处理，必然存在着主观性的深度介入。古今中外，不存在没有经过处理的史料。而岩画的独特性在于它是由当事人亲手制作的，无论其为写实造型，还是采取象征寓意风格，抑或是运用抽象符号手法，所展现的都是当时当地情景。

岩画的制作，需要精巧的构思、娴熟的技艺。专家分析认为，大多出自猎人之手，有一些可能还有巫师的参与策划。作为远古先民创造性的自我表述形式，岩画不仅形象地记录了族群自狩猎时代经原始部落到驻牧定居生存方式的连续性进程，而且，折射出古代人群的哲学观念、宗教信仰、审美意识、向往追求等精神信息。

此刻，当我们面对这些"粤自盘古，生于太初"的远古游牧时代的文化遗存，人类史前时期的艺术珍品，想到它们阅千古而长新，历万劫而不磨，神奇地存留到今天，又怎能不动心动容、感发兴起，为之惊奇、为之庆幸、为之振奋呢！

二

此间面对黄河，山势巍峨，空间闳阔。进入山口，举头
望去，但见沟谷两侧的石壁上，随处凿刻着一幅幅形象奇异、
耐人寻味的人面像。

其中最为醒目的是那幅名闻遐迩、被封为"镇山之宝"
的太阳神像。原始先民把人丁的繁衍、畜群的兴旺、水草的
丰茂，统统归功于上天的恩典、神灵的赐福。出于由衷地感
戴，他们对于心目中的图腾以及各种崇拜对象，都要画影图
形，加以膜拜。那么，最为感恩、敬仰的，无疑就是天天露
面、朗照人寰的日轮了。于是，便在岩石上绘制、凿刻出太
阳的形象，并将其人格化，然后通过一定的仪式进行拜祭。
鉴于太阳起自东方，光芒四射，形象浑圆，画像便也面朝正
东，头上刻有放射形线条，面部呈滚圆形；双眼重环，睫毛
耸动；鼻子、嘴巴连结成半圆形。整个面部神情威严、峻烈，
令人心生敬畏。太阳是高悬天上的，画像也刻在四十多米的
高处，充分显现其应有的尊严。

与这种特写式的岩刻头像形成鲜明的对照，我还看到一
幅蕴含复杂、赋形奇特的画面：左右两旁各有一个左手印，
左边手印下刻着一只低头的山羊和一只前腿下跪的牦牛，右
边手印的上下方各有一个人面像。两只手印的中间站着一个
双臂扬起的人，上面的显著位置刻有一个环眼圆睁的桃形人

面像。画图十分生动有趣，可是，它所彰显的内容是什么呢？端详了半晌也不得其解。经过请教陪同的专家，才弄清楚原来这是一份具有契约性质的文件——以岩画形式确认古代两个部落之间的隶属关系。手印象征着权力。左边那个部落已为右边部落所征服，随之它的人口与牲畜也全部划归右方部落所有。桃形人面像象征着神祇。有神、人共鉴，石画为凭，这份契约自然具备了无可置疑的效力。

在向阳的山崖斜坡上，还有一幅凿刻得很精致的射猎图。画面上，一个人正在弯弓射猎，七只硕壮的山羊惊惶逃窜，其中五只向东奔跑，两只向西逃逸，而猎犬却回头伫望着主人。猎人形象凿刻得很小，表明他所在的位置距离羊群较远。由此可以看出，那时的先民已经注意到了运用透视关系来进行构图处理。画幅也揭示出，在远古时代，水草丰美的银川平原就已成为各游牧民族繁衍生息、劳动创造、游牧狩猎的理想乐园，也是各种家畜和野生动物的繁殖、栖迟之所在。

这组游牧风情画也很是壮观、气派。牦牛、骆驼、花斑马、梅花鹿、北山羊散放在原野里，有的在欢乐地角抵、奔逐，有的静静地低头吃草，有的在悠然闲卧。旁边站着一个牧人，顶上的头发盘结起来，腰间斜插着一根木棍，胯下拖着一条又长又大的尾巴。身后跟随着一只猎犬，懒洋洋地呆望着主人。画图的右边，聚集着一队歌舞腾欢的人群，男人头上有的装饰着兽角，有的斜插着羽毛，有的戴着尖顶或圆顶的帽子；女性则长发下垂，也有挽着发髻、装着头饰的。场上，翩翩的舞影，忘情的啸歌，衬着多姿多彩的穿戴和装饰，渲染出原始艺术粗犷、质朴、率真的特色。

陶醉于浓郁的生活气息之中，此刻，我竟然产生了幻觉，仿佛化身其间，成了欢乐人群中的一员，也跟着手之舞之、足之蹈之，尽情尽兴，和先民们一起发出欢腾的吼声。丛林掩映中，一些平生未曾寓目、而今多已灭绝的动物蹿跃其间。一队前额低平、眉骨粗大、目光迷惘的人群，正在咿唔呼啸着追奔射猎。回望山崖，发现那里还有几个人在紧张地劳作着，他们手持石刀、铁錾，或凿、或刻，正全神贯注地制作着各种人面和动物的图像……

我正在忘情地观赏着这一切，不料，稍微一愣神，忽然发觉山崖上的人形已经淡出、隐没了，逐渐地幻化成山垭口处一伙凿石垒渠的人群。伴随着各种敲击的繁响，一道清溪从山坳里冲出，顺着渠道滔滔汩汩地流淌下来，顿觉遍体生凉，神清气爽。于是，我也憬然惊寤了。心头的意念一收，时间的潮水，哗—哗—哗，一下子流过了几千年，我也随之而返回到现实生活里。

三

黄河，这祖国的母亲河，历史之河，文明之河，在她的身边，岩画与神话并存。它们作为人类精神活动、艺术实践的智慧之果，深深植根于民族文化本原的沃壤之中。"在人的思维发展过程中，神话起着十分重要的作用"，它"并不满足于描述事物的本来面目，而且还力图追溯到事物的根源"（德国哲学家卡西尔语）。那些借助于想象与幻想，把自然力加以拟人化，反映远古先民对于世界起源、自然现象、社会生活的原始理解的神话传说，在贺兰山岩画中有着充分的展现。

关于伏羲、女娲这两位始祖神的传说，散见于《山海经》、《楚辞》、《淮南子》等古籍，同时广泛流传于黄河流域一带的民间。与两位始祖神"本为兄妹"、"蛇身人首、尾部相交"等传说内容相呼应，贺兰山口一幅极为古老的岩画上也有他们的造像——人面蛇身，共同交尾于一条长蛇之上。岩刻简单、原始，早于伏羲、女娲其他画像，料应不止一两千年。

从一定意义上说，神话原是某种风俗、习惯、信仰和宗教的反映；而岩画则是从艺术的角度予以形象的记述与描绘。二者相辅相成，相得益彰。《山海经》中有关"戎，其为人，人首三角"的记述，实际上，指的是人的头顶上的兽角装饰，贺兰山口的人面型岩画中就有这种头戴三角的装饰形象。岩画与神话互为印证，表明古代一个时期西戎族的先民曾在这一带生活过。

除了神话，巫术与岩画的关系也十分密切。原来，原始人的思维处于人类思维的童年形态，带有巫术性的成分。他们所处的文化环境，是一个相信"万物有灵"、凡事皆有前兆的世界。在他们看来，世界上的一切都受着超自然的力量支配，诸如日月的升沉，四时的更替，草木的荣枯，动物的存亡，人世的生老病死、穷达休咎，背后都有一种超自然的力量在操纵着。他们既满怀畏惧，却又不甘于任其摆布，总想通过一种特殊的行为来影响它，利用它，于是，便产生了巫术。

　　此间，巫术氛围浓郁，许多岩画是在巫术观念支配下凿刻出来的。专家指出，巫术孕育了绘画。文字产生之前，原始人总是通过凿刻在岩石上的画面来表达其思想、情感、愿望；岩画成为他们施行交感巫术的一种方式。而原始足印则是典型神话母题与巫术艺术相结合的产物。《史记》和《竹书纪年》中都有关于"感生神话"的记载，如说周朝始祖后稷的母亲在野外见到巨人的足迹，"心忻然悦，践之，遂有身孕，及期生子"。这在岩画中亦有所反映。据专家解释，所谓"践巨人足迹"云云，原生状态乃是一种生育舞蹈动作：男女相伴而舞，踏着轻盈的脚步，然后野合做爱，从而得怀身孕。贺兰山的岩画就是这样表现的：在一对脚印旁边，一双男女在纵情地狂欢、跳舞、拥抱，集中反映了原始先民对于生育的崇拜与渴望，通过艺术形式给予"感生神话"以生动的图解和形象的印证。

　　在先民的心目中，岩画中的动物就是生活中的实物。因此，只要在山崖上凿刻出交媾与生殖的画面，就能实现生生不已、人畜兴旺的愿望。同样，为了扩大狩猎的战果，便在岩石上不厌其烦地制作着大量的动物图形和游猎场面。他们确信，只要把动物的形象画在山石上，有的还要用箭镞射中它，就会产生游猎预期的效果。

　　当事人在凿刻这些"活动变人形"之际，无比虔诚地把信仰、意志、追求一一熔铸其间。他们绝对地相信：这些画像，人物也好，动物也好，都是灵魂贯注、灵光焕发、灵气所钟的。山是灵山，人是山灵，一切都凝聚着精华、充盈着生命，饱含着祈望、寄托、情感、心血。

大块无声，山灵有语。看着这些千奇百怪的画面，也许有人会觉得它们过于粗糙、简单，甚至荒诞无稽；可是，远古的先民正是凭借着这些普通至极的线条与符号，描绘出了整个的万有世界。一如乐曲的七个音符，可说是再简单不过了，靠着它们却能谱写出情动三军、绕梁终日的万曲千歌。

四

贺兰山岩画属于北方草原文化类型。经"地衣测年法"鉴定，其制作时间始于远古狩猎时代，多数形成于春秋战国时期，下迄宋辽西夏末叶；系由不同的游牧人群在不同年代、按照不同的心理意向，历经近万年时间陆续刻成的。岩刻个体形象多达两万幅，最大的长十余米，最小的不过一二厘米。穷形尽相，含蕴无穷，组成了一座造型艺术的长廊。

早在公元六世纪初，北魏地理学家郦道元就在《水经注》卷三中记载："（黄）河水又东北，历石崖山西"，"山石之上，自然有文，尽若虎马之状，粲然成著，类似图焉，故亦谓之画石山也"。时至今日，近一千五百年过去了，人类社会已经进入了现代、后现代，但在面对这古老的艺术珍品时，仍然会由衷地感佩——正是那些无名的民间艺术家，以其独特的创造性劳动，为后世人民留存了形象鲜明、信息丰富的精神宝藏，提供了极其珍贵的研究古代文明史的第一手资料。

　　高尔基说得好："人，按其本性来说，就是艺术家。他无论如何，处处力求给自己的生活带来美。"原始先民置身于苍苍莽莽的荒原，在同大自然的艰苦拼搏中，培植了粗犷豪放的性格，也播下了真的信念、善的热望、美的追求。他们在呼啸奔逐、游牧射猎之余，当着情感需要宣泄、意愿冀求表达、信息亟待传递时，便一一借助形象，诉诸岩画。从而获取心理上的满足与快感，达到寄托怀抱、充实生活、愉悦身心、消解疲劳的作用。

　　从诞生之日起，岩画就紧密地同人们的社会生活、经济活动、宗教信仰、风俗习惯交织在一起。它开创了人类艺术的先河，成为一部融汇着理智与野性、现实与幻想、宗教与艺术的心灵交响乐；同时，又是一个鲜活的解释系统，不啻一部古代游牧民族的百科全书，向后人昭示着先民对于自然、社会与人类自身的认识，彰显着热切的期求、朦胧的遐想，以至于七情六欲、感奋忧思等深层次的意蕴。原始氏族部落的自然崇拜、生殖崇拜、图腾崇拜、祖先崇拜等文化内涵，以及牧猎、祭祀、争战、械斗、娱舞、交媾等生活实景，都通过这一人类精神生活的载体予以形象地映现。作为古人类文化史、宗教史、心灵史的艺术宝藏，可以说，每一组岩画，都闪耀着远古先民智慧的灵光，承载着他们在大自然面前既无能为力又顽强应对的痛苦抉择，记录着他们筚路蓝缕、与时共进的艰辛历程。

　　岩画的意蕴及其历史价值远未发掘穷尽，仍然存在着巨大的解释空间。只就目前所能掌握的，其生命启示、生存教益与艺术滋养，已经堪资后人永生玩味。可以说，解读岩画就是在叩启鸿蒙，等于翻检一部已经失传了的史前典籍。拨开重重的迷蒙烟雾，可以重温人类蒙昧时期的宿梦，聆听远古历史微弱的回声，探寻原始先民的生活方式、精神世界以及民族文化传统根脉，透视他们与生物环境同生共存的真实景象，进而悟解人类在自然生态系统链中的恰当位置，克服诛求无限、为所欲为的狂妄心态，真正实现回归家园、认清本源的觉醒。

　　人生易老，年寿有时而尽，对于时间的飞逝，现代人总是特别敏感的。几度花飞叶落，一番齿豁头秃，常使人蓦然惊悚，感慨重重。——时间峻厉无情，却也万分公正，它善于选择，并没有吞噬一切。时间，时间，在岩画面前，我们真正感受到了时间。

朵乐荷，朵乐荷

一

原根意义的"采风"，是搜集民间歌谣。这次中国作家采风团到凉山来，当然不只是撷采歌诗，主要还是访史问俗，亲炙这一神奇大地的沧桑巨变。但是，既然来到这素以"歌的海洋"艳称中外的八百里凉山，又不能不为遍地的山歌、情歌、酒歌、舞歌、婚嫁歌、祭祀歌、丧礼歌、节庆歌而忘情倾倒。

有人说，到了凉山，忘了吃，忘了喝，忘不了彝家姑娘一曲歌。

彝族民歌中数量最大的自然是情歌；其次，酒歌占有相当重要的位置，"人生酒歌"一般以敦勉、教诲为目的；还有一种"塘酒歌"，老人们坐在一起，通过歌唱，谈古论今，展示才智，这种酒歌多为鸿篇巨制，内容淹博，素有"歌母"之称。

据熟谙声乐艺术的朋友讲，彝家唱歌发声的方法很科学，很考究。他们善于使口腔、喉腔、胸腔和鼻腔巧妙、自然地加以配合，达到音域广、吐气长，音量宽阔，即使数十拍的长乐句也能一气呵成。

彝族人民能歌善舞，有着悠久的历史传统。早在西汉时期，司马相如就在《子虚赋》中记载了彝族先民的"颠歌"。唐人樊绰所著《蛮书》中，也有关于彝族男女吹笙、跳歌的描述。

古籍记载，这里的男女老少皆擅弦歌，转喉开口，一唱百和，举凡爱恋、婚嫁、喜庆、悲戚、放牧、农作、狩猎、行役，无不以歌讴抒怀达意。他们把弦歌看作是彝家心声自然流露的情感通道，又当成反映人情世态、时代生活的一面镜子。他们自豪地说，彝家的史书，记在弦歌之中。

彝家女儿长成大姑娘了，一般都随身携带一种用竹片或钢片制成的口弦，演奏时，将口弦置于唇间，左手握住弦柄，右手轻轻地拨动篾尖，或吹或吸，发出柔和、婉转的清音，借以表达复杂、细腻的情感。这美妙的音乐所洋溢的万种柔情，会使热恋中的小伙子如登春台，如饮醇醪。有一首民歌是这样描述的：

> 假如阿妹子的脸皮薄如纸，
> 悠悠的响篾能替你递话传情。
> 它是采集爱情鲜花的蜜蜂，
> 从这颗心钻进另一颗心。

假如阿妹子被苦闷缠住了身，

悠悠响篾能吹散胸中的阴云。

它是寻求友谊的金丝银线，

把两颗心织作一颗心。

彝家儿女历来有以歌传情、以歌代言的习尚，触事为歌，随口而唱。赛歌会上，男女青年初识乍见，交浅言深，有些耐口，往往以歌声"投石探路"，曲折传情。

这边，小伙子唱道：

唱支山歌给妹听，

看妹格是痴情人。

点灯还要双灯草，

有情小妹来接音。

那边，有时姑娘看不中对方，便用歌声加以婉言谢绝：

妹是一杯酒，苦荞子酿成。

闻着味不香，喝着味不醇。

阿哥是上品，另找可心人。

凉山彝家以真诚质朴、热情好客闻名于世。每当我们踏入彝寨，都会遇到人们主动地问询："曲博，卡波？"意思是：朋友，你去哪里？你只要说出准备拜访的人家，他们便会热情地前趋指路，甚至一直陪送到那一家。

有时，我们没经事先联系，随意走进哪个彝家，男女主人也总是很有礼貌迎迓接待，决不会冷落了这种不速之客。里巷徜徉，随时都能听到彝家的暖人情怀的祝酒歌：

> 远方的朋友，来哟，来哟！
> 珍贵的客人，来哟，来哟！
> 请喝一杯彝家祝福的酒，丰收的酒哟！
> 彝家的心像篝火一样红，金子一样真哟！
> 请喝下这珍贵的酒啊，接受彝家的一片深情
> 哟！

客人登门，酒是必备的，往往客人一就座，主人便立即递过来一杯酒，然后边叙边饮，以酒代茶，一直喝到客人起身告辞。彝家待客慷慨大方，他们有句俗话："一斗米不吃十天，难以度年；十斗米不做一顿，无法待客。"

著名的民族学家林耀华先生，四十年间三上凉山，对于彝家的这种盛情待客，有更深的体会。一次，他到昭觉县的甲甲阿吉家串门，因为这里地处平坝，为了让家中的羊避暑，主人事先把羊寄放到山上的亲戚家里。现在来了客人，一时无羊可捉，没有肉食款待，主人感到很难堪，便一连气杀了四只鸡来下酒，还再三地表示过意不去。

还有一次，在尔吉久布家，见客人来到，主人当场就花二百元钱，买下了一头牛来，准备宰杀。林先生一看这种情

势，赶忙登车告别，如同逃跑一般。虽然心知这样做会使主
人不悦，但无论如何，也不忍心让他无端作如此大的破费。

彝家认为，善是立身处世的根本。他们说，步子直才能
走得快，心肠好才能交朋友。存善心，行善事，既可以造福
自己，又可以荫庇子孙。广泛流传在民间的大量故事传说，
都宣扬了这类思想。长期的生产力低下，从自然界获取物质
生活资料艰难，加上天灾人祸频仍，使他们养成了合群互助、
团结齐心、扶弱抑强的风尚。

二

这次，作家采风团来到凉山彝寨，热情好客的主人更是
早早地欢聚村头，置酒接风。一队靓装丽服、美目流盼的彝
族姑娘，手里擎着酒杯，高歌侑酒。我以素无饮酒习惯为辞，
姑娘们便齐声唱着：

> 大表哥，你要喝。
> 你能喝也得喝，
> 不能喝也得喝，
> 谁让你是我的大表哥！
> 喝呀，喝！我的大表哥！

在这种情殷意切的态势下，别说是浓香四溢的美酒，即
使是椒汁胆液，苦药酸汤，也不能不倾杯而尽。

在接风席上，彝族姑娘们表演了一个《喜背新娘》的歌舞节目。

寨子里的姐妹们打扮得花枝招展，把阿呷姑娘围在木屋中央，和着歌声、笑声，为她将红白相间的童裙换成中段为黑蓝两色的少女长裙；将独辫分成双辫，盘在花头帕上。——阿呷姑娘就要出嫁了。女伴们的缠绵悱恻、难舍难分的《惹打》嫁歌还没有落音，外面的迎亲队伍已经进来了。

啊，原来，散文作家吴先生竟"混"在迎亲客里面，而且是"喜背新娘"的角色。真是再适合不过了，大家齐声道"好"，一致赞扬导演的眼力。只见姑娘们七手八脚，瞬间就用锅烟灰把我们的"江南才子"打成了花脸，引得全场哄然大笑起来。吴才子灵巧机智，趁着慌乱、喧哗，背起新娘阿呷就走，把全场歌舞腾欢推上了高潮。

在凉山彝家婚礼的实际生活中，不管去往男家的路是远是近，新娘都得由人背着，有的地方也可骑马。因为新娘的双脚是不能沾地的，这祖辈传留的规矩，谁也不能违背。彝族谚语说："不抢不背身不贵，背去的媳妇赛千金。"

背新娘颇有讲究，一般由新郎胞弟或堂弟担任。要求背上的新娘要侧身、曲膝，双手搁放胸前；背新娘者不得用绳带捆系，只能双手托住新娘弯曲的小腿。如果路程遥远，需要在途中过夜，新娘亦不能进入迎亲队伍借宿的人家，只能在户外由人们轮流守护着，静待天明。

锅烟抹脸的习俗由来已久。从考古学与人类学的考据资料看，黑色在原始民众的观念中，往往具有某种神性的意义。

在人的身体上特别是脸面上涂黑，是一种带神秘色彩的巫术礼仪，有驱邪、祈福、禳吉的意图。

在西羌故地天水一带，有在公爹脸上抹锅烟灰以祝福纳吉的婚俗。远处东北、北部边疆的鄂伦春、鄂温克、达斡尔族，都有"抹黑日"或"抹黑节"，时间是正月十六——诸神归天、人间新生活开始这一天。早起后，老人给尚未起床的儿孙脑门上抹一点锅灰，把这作为一种佑护生灵的节庆礼仪。这在许多民族中都是共通的。

当然，时至今日，除了局部地区古风犹存，抹黑仍然保留着原始的祝福意义外，其他地方，中古以后，人们赋予色彩的情感发生了变化，黑色已经走向反面，成为贬义。这也是很有趣的事情。

依我看来，"尚黑"可能与火的崇拜有关。锅底黑的魔力，根源于对火的信仰。因此，凡是有抹黑习俗的地方，同时也都存在对火神崇拜的习俗。自古就有"彝人敬火，汉人敬官"的俗谚。

在老辈的彝族群众心目中，火是圣物，它能够净化一切。年节祭品要一一在火上转三圈，或将一块石头烧过，经淬水冒出蒸汽，再将祭品在上面绕过三圈，就可以除掉一切污浊。他们视火为神物，视锅庄、火塘为神之所在，严禁人畜践踏与跨越。猎人、牧人常用的引火绳，在家要挂在屋壁上方，用后只能用手压灭，而不许用唾沫淹灭。火是中心，哪里有了火，哪里便会围上一圈人，火成了凝聚人们的轴心。

这是一个爱火、敬火的民族，她的历史就是一条火的长河。一年一度的最隆重的节日——火把节，实际上，是彝家古老的祭火节。人类最初一代的文明，是被火的光焰照亮的。世界上许多民族都有关于火的崇拜、火的禁忌的习俗。然而，像我国西南藏缅语系的几个少数民族这样，把火的崇拜神圣化，并以节日形式固定下来，同预祝丰收相结合，却是不多见的。

关于火把节，当地流布着这样一个传说：很久很久以前的一个夏天，旱情十分严重，庄稼长得瘦弱不堪。可是，天神仍然派出差役，下界催租逼债。人们苦苦求饶，还是颗粒不留，统统收走。这激怒了英雄惹地豪星，决心把这个恶差除掉。结果在六月二十四这天，在比赛摔跤时，把他摔死了。正当人们欢庆胜利的时候，天神发出命令，要放出天虫，毁灭所有庄稼。说时迟，那时快，转眼之间遮天蔽日的天虫便把一片片庄稼吞噬净尽。豪星看了心痛如焚，忽然情急生智，想起了应该借助火神威力来扑杀害虫，保护庄稼。于是，动员男女老幼采来蒿秆扎成火把，满山遍野燃烧起来，经过九天九夜的激战，终于消灭了天虫，保住了即将收获的庄稼。

后来，人们为了纪念这位为民除害的英雄，也为了祈祷丰收，年年都点燃火把，久而久之，就形成了火把节。

但是，书伦修撰的《西昌县志》记载的火把节起源，却是一个哀惋动人的故事：

唐代开元年间，云南有六诏，其中的南诏想要并吞另外五诏，在六月二十四这天，召集五诏首领宴饮于松明楼。五诏中的邓出行前，妻子慈善看出其中的阴谋，力阻夫君前往，不听，便含悲饮泣，将一个铁镯戴在丈夫的手腕上。宴会间，松明楼火起，五诏其他首领均葬身火海，骸骨难以辨认，唯独邓因腕上戴有铁镯，被部下认出运回。

南诏王惊羡慈善的才慧，欲以重金聘之。慈善以夫死未葬为辞。既葬，她便率兵据城自守，南诏攻了三个月也没有攻下。后来弹尽粮绝，夫人盛服端坐，饥饿而死。百姓为了纪念她，每年到六月二十四这天，便燃起火把，并用以照田祈年。后人有诗云：

> 赴宴先知去不回，柴楼烟冷尚余哀。
> 而今火树沿成俗，忍使冰心化作灰！
>
> 慧心早卜去难回，赠到金钏隐自哀。
> 千古人犹照亮节，吞来六诏已成灰。

关于火把节的来源，此外还有十几种说法。就广大民众的意愿来说，当然更倾向于第一种，因而流传得也最广泛。

三

这次作家采风活动的核心内容，就是参加农历六月二十四的凉山彝族火把节。吃过早饭，大家就乘车来到普格县五道箐乡拖木沟的一处非常开阔的草坪，四周天然隆起，形似看台，上上下下已经坐满了人群，据说达三万多人。

彝家有一句谚语：过年是嘴巴的节日，火把节是眼睛的节日。意思是，过年讲究吃好喝好，而火把节讲究的是穿戴打扮，好玩耐看。放眼望去，尽是姑娘们的七彩裙、花头帕、绣花坎肩和小伙子们的白披毡、蓝披毡、花腰带，好像一个硕大无朋的五彩花环罩在青苍的碧野上。

最先出场表演的是彝家女儿，她们打着黄油伞，相互牵着三角彩巾，围成一个又一个圆圈，唱起了优美动人的"朵乐荷"。歌声美，舞步轻，织成了一条情韵绵绵的女儿河，又好似一朵朵太阳花在蓝天下缓缓滚动。

同来的诗人们看了，热情洋溢地赞颂说，彝家姑娘穿的是不用文字记载的神话，绣的是民族创世纪的史诗和悲欢离合的故事，她们用彩色丝线编织着似水柔情，倾注着对美好事物的憧憬。

最能充分展示这种美的姿彩的，是已有千年历史的选美活动。选美，既看姑娘们的身材容貌，穿着打扮，又要看她们的仪态风采，还要看平时的道德品行，包括对待父母长辈的表现。评委们都是山寨中德高望重的老人，他们一整天在过节人群中寻觅、拣选，反复比较、协商，评判意见颇具权威性，没有人会怀疑、指责。每次火把节每个场地只选三名，一旦评出，便成为姑娘们心仪的目标，小伙子心中的偶像。哪家出了美女，哪家的瓦板房四周，晚间便口弦声不断，清晨背水路上的脚印最多。

当男人们湮没在几乎清一色的汉装或西装的洪流中，凉山的彝家妇女却以多彩多姿的服饰显示着迷人的个性和鲜明的特色。同样是女性，过去很长的历史时期，汉族妇女由于受封建礼教的束缚，"两眼下视黄泉，看天就是傲慢；满脸装出死相，说话就是放肆"，连起码的社交自由也没有，更谈不到在公众场合轻歌曼舞，以女性特有的方式展示本民族的文化传统；甚至在戏剧中，女性角色都要由男人反串。相形之下，彝家女儿却是开放得多，可说是置身于一个无拘无管的世界。

过去我总以为，处于比较封闭、落后状态下的民族，必然追求与向往一种平衡、和谐、安定的结构与心态，只有到了人类活动趣向多元、内容多变、节奏加快的生活阶段，亦即进入现代，人的精神的基本倾向才会寻求强度的刺激，激烈的变换和更大程度的紧张。可是，来到凉山之后，却发现这里的精神生活，更适应那种刺激、动荡、紧张的现代生活方式。这从场上观众对于摔跤、赛马、斗牛、斗羊是那样的投入，那样的兴致勃勃、全神贯注，便可以看得出来。

它说明，广大彝族地区较之追求宁静、安适，执着于繁文缛节，以农业文明为主的汉族地区，更具活力，更为开放，"生命之光"发射得更充分。这也许由于彝族地区长久以来，生产、生活的流动性大，获取生活资料艰难，自然条件恶劣等情况，促成了其生命力旺盛，神经系统一直保持较高的激活与兴奋水平。

天色暗了下来，我们在街前广场上，点燃起干蒿扎成的火把，排成长长的队伍，高声唱着火把节祝歌，走向田野，走向山冈。于是，漫山遍野都响起了：

> 朵乐荷，朵乐荷，
> 烧死猪羊牛马瘟，
> 烧死吃庄稼的害虫，
> 烧那穿不暖的鬼，
> 烧那吃不饱的魔，
> 朵乐荷，朵乐荷！

　　由于火把节适值盛夏，田里秧苗正处于旺盛的生长期，也正是各种危害庄稼的昆虫繁殖的高峰期。当火把在四野燃起，那些害虫便迅速攒聚趋光，一齐葬身火海，所以确有除害保苗的实效。

　　时间已到深夜，登高四望，但见漫山遍野，到处都有金龙飞舞，起伏游动，浩荡奔腾，人们仿佛置身于火的世界。城市里也同时施放礼花，把光明送到天上，让暗淡的长天也大放异彩。古人有诗云：

> 云披红日恰含山，列炬参差竞往还。
> 万朵莲花开海市，一天星斗下人间。

　　可说是真实而确切的写照。

　　山在燃烧，水在燃烧，天空在燃烧。与此相应和，人们的情绪也在燃烧，激扬、纵放，沉浸在极度的兴奋之中。面对着星河火海，我也不禁手之舞之，足之蹈之，高声朗诵起郭沫若的《凤凰涅槃》中的诗句：

> 我们生动，我们自由，
> 我们雄浑，我们悠久。
> 一切的一，悠久。
> 一的一切，悠久。
> ……
> 火便是你。
> 火便是我。
> 火便是他。
> 火便是火。
> 翱翔！翱翔！
> 欢唱！欢唱！

火把节自始至终体现了一种反规范、非理性的狂欢精神。这显然带有原始的万民狂欢的基因，但更重要的是反映了现代人的一种精神需求。从更广泛的集体心理来说，人们都愿意借助这个节日，营造一种规模盛大的、自己也参与其中的欢乐氛围，使身心放松、亢奋，一反平日那种循规蹈矩、按部就班的生活秩序，而同时又不被他人认为是出格离谱、荡检逾闲。

正当我们交口称赞这次盛会的堂皇富丽时，彝族诗人马德清却指了指采风团中的年轻诗人吉狄马加，说：要讲火把节，正宗的并不在此，而是在吉拉布拖—吉狄马加的故乡，那里是火把节的真正故乡。只有到过布拖，才能叹为观止。一番话，使作家们对布拖充满了神奇的向往，后悔这次没能赶到那里去参加火把节。

我笑着接上他的话头，说，踏不上的泥土，总被认为是最香甜的，也不妨在意念中留下一方充满期待与怀想的天地，付诸余生梦想。也许，德清先生施展的是关云长的故智：当关王爷刀斩颜良，力解白马之围以后，曹操赞曰："将军真神人也！"关公却说："某何足道哉！吾弟张翼德于百万军中取上将之头，如探囊取物耳。"曹操听了，自是惊羡万般，向往不置。这叫深一层表现法。其实，并不见得张飞就比关公更胜一筹。

大家听了，又是一阵说笑。有的说，英雄无悔，狡猾的狐狸吃不到葡萄，就说葡萄酸。

四

世界上，哪个民族没有诗呢？

维柯说过，在所有民族的历史上，诗是最初的或最原始的表态方式。

海德格尔也说："诗是人类历史上最早的语言，因此，诗是人类对宇宙和自身之悟解的最早开端。"

但我敢说，要找一个像彝家那样全民族都迷恋诗歌，沉浸在写诗、诵诗、用诗的巨大热忱里，形成一种独特而鲜明的民族特征，走遍天涯也不容易。

早在一千六百多年前，晋常璩在《华阳国志》中就记述了彝族"论议好比喻物"，喜欢以诗的手法和格言、谣谚来表述社会生活、抒发思想感情。凉山有着丰厚的文学积淀，到处都是诗的沃土。古老的历史，绚烂的文明，美妙的大自然，以及那些难剪难理的爱爱仇仇，统统以诗的形式载诸彝文古籍，流布于人们的口头。

广泛流传于大小凉山的著名史诗《勒俄特依》、训世诗《玛木特依》、叙事长诗《阿莫尼惹》、抒情长诗《阿冉妞》与云南的《梅葛》、《阿诗玛》以及贵州的《恩布散额》，构筑成彝族民间文学的宏大殿堂。

在凉山，与诗歌堪称文学"双璧"的是遮天盖地的神话、传说。不管是历史的、传奇的神话，还是诠释某种现象、事件、名称的起源的解释性、推源性神话，都是通过"遗传"方式从远古保存下来，都体现了彝族文化传统的底蕴，反映着民族的经验与愿望。

这些神话、传说既是古代彝族文化艺术的重要组成部分，又可以说是它的丰厚的土壤。尽管这些神话、传说反映着原始人思维的前逻辑的、主客体不分的稚拙的特点，如同《山海经》、《淮南子》中所保存的神话一样，情节简单、象征性单一，尚未形成一个种族的完整体系，但是，它们确曾启发了彝家各个时代无数画家、雕塑家、诗人的灵感。

如同希腊神话中反映了群婚制、母权制、血亲复仇、父权同母权的斗争等许多人类遗迹一样，彝族神话中也保存了大量神话化了的亦虚亦实的史迹。它们当然不即等于历史，但往往在虚构的外衣下包藏着真实的内容。正如高尔基所指出的："在神话和传说中，我们可以听到从事驯服动物、发现药草、发明劳动工具这些远古的回声。"

其形式，大量表现为口述流传。中文的"古"字，就是十口相传之意。通过这些口头流传的神话、传说，可以向远古追溯传统的源流，探索其更悠久、更超自然的原始形态，读出人类生活史的第一页。这对于文字历史记载较少，也不甚完整的民族来说，尤其重要。

像渴望着一切文明、幸福一样，早在远古时代，人类的先民就幻想着有朝一日能够腾身天界，遨游太空。——域外的关于法厄同的神话，关于罗达斯及其儿子伊卡洛斯的神话，中国的嫦娥奔月的传说，都反映了这一点。

几千年的想望，今天终于变成了现实。中国，这个火箭的故乡，经过无尽沧桑，今天终于面对崭新的世界，高扬起火箭的旗帜，在空间高科技领域实现了辉煌的跨越。西昌卫星发射中心已成功地发射了二十多颗实用地球同步卫星，使西昌成为人类飞向太空的港口，蜚声宇内的中国航天城。

几天来，采风团参观了坝高近百米、工程浩巨的大桥水库，雅安到攀枝花的高速公路和飞机播种营造的百万亩林区，这天午后，我们又在航天城实地参观了法国宇宙公司制造的"鑫诺"一号通信卫星的成功发射过程。伴随着"轰隆隆"一声巨响，火箭腾空而起，熊熊烈焰映红了半面天宇，划出一道人类征服太空的经天轨迹。

面对高科技的伟大成果，面对这些改天换地、征服自然的人间奇迹，我蓦然想到马克思的名言："任何神话都是用想象和借助想象以征服自然力，支配自然力，把自然力加以形象化；因而，随着这些自然力之实际上被支配，神话也就消失了。"

如同成年人常常喜欢回顾童年时期的梦幻追寻，尽管这种梦寻是极为幼稚与虚幻的，心头却依然不免充满了无尽的温馨与眷恋；人们在以满腔热情欢呼着、切盼着这些神话消逝的同时，对于远古先民那种粗粝而幼稚的神话梦寻，又总会充溢着崇敬与向往之情。

当然，那种神话与传统杂陈，不见科学真面，蒙蒙然处于扑朔迷离的雾霭之中的混沌状态，毕竟已经一去不复返了。凉山，这块风物宜人却又深藏固闭，资源富集却又相对贫穷落后的地方，如今正在发生神奇的变化，面临着一场大规模的生活方式和价值观念的调整。

显然，现代文化科技事业和市场经济的迅速发展，定会与固有的民族传统发生激烈的撞击。摆在彝家儿女面前的一个刻不容缓的任务，是以足够的思想准备，主动地调适自己的社会文化系统，以防止可能产生的某些消极后果。我们欣慰地看到彝族诗人倮伍拉且的诗句：

沉重地滚动
挤压我们身躯
坚硬如铁

粉碎灵魂的硬壳

飘逝的时光
一页页翻开
从以往翻到现在
我们拥有足够的经验
接纳必然的明天

（1999年）

冰原上的盛事

　　夕阳恬静地悬浮在昏黄的天际，看去颇似一面铜锣。仿佛听得"嘡"地响了一声，这一天的冬捕会战，便在查干湖的万顷冰原上暂告收场了。它使人联想起古代战场上的"鸣金收兵"。

　　无疑，这是一个盛大而欢腾的节日，而我更倾向于把它看作一出货真价实的野台大戏，唯一的理由是它彰显了典型的劳动艺术，而且带有规范化的程式。在冰原的大舞台上，全副毛皮装束、英风飒飒的渔夫们是戏剧的主角，身旁两千米长的拉网便成了道具，而数以万计的游人则是名副其实的观众。现在，无论是演员、道具还是观众，连同上千台的车辆，已经潮水般地退去了；寒光四射的冰面上，只留下无数个下网的冰窟，当然，最显眼也最令人心旌振奋的，还是那盐堆、柴垛一般的捕获品，那光鲜鲜的几万公斤鲜鱼。

　　散场，一般地说，总是带有一种感伤的意味，古人说的"游人去后无歌鼓，白水青山生晚寒"，"日暮笙歌收拾去，万株杨柳属流莺"，就是显例。可是，这种冰原盛事的收场，留给游人的却是猎获的丰厚，心灵的充实，是洋溢于身心耳目的欢乐，是同开场一样"鲜花着锦，烈火烹油"般的振奋，是原汁原味、饱蕴着民族风情的传统文化意象，是沉甸甸的记忆。

这种冬捕活动，源于史前，盛于辽、金时代，复活于当下。不仅民俗观念、祭拜仪式，就连它的采捕手段、捕鱼工具、操作规程，也都是沿袭了原始的风习，各种传统的民族文化精神在冬捕活动中得到了系统的传承。这是一种东方古老文化的复苏与再现，人们置身其间，有一种回归传统的奇异感觉，仿佛亲炙原色的远古人类生存状态的遗存，体验到现代人久违了的生产、生活情趣。

冰原盛事的序幕，是基于"万物有灵"观念的原始而神秘的"祭湖"、"醒网"仪式。闷声闷气的法号响彻冷冽的晴空；披着紫色袈裟的妙因寺的喇嘛咏诵着经文，祈祷湖神保佑渔民的富庶安康和水下精灵的永续繁衍。手擎皮鼓不停地敲打着的萨满舞者刚刚过去，戴着鹿、牛、鹰、虎等原始图腾面具、跳着查玛舞的又结队登场。"网啊，该醒醒啦，到了大显身手的时日啦，走吧，我们一起出发！""醒网"仪式过后，头戴披肩帽、身着蒙古长袍的德高望重、经验丰富的"渔把头"，为整装待发的渔夫们醑酒壮行。四面围观的人山人海，也都一道尽情地倾洒着喷薄的狂热和忘我的虔诚，被一种神秘、静寂、苍凉的氛围带进了宗教的情境。

作为原始渔猎部落的孑遗，查干淖尔渔民生就了一副钢筋铁骨和抗寒蹈险的性格。当太阳被冻得发出奶黄的光泽，千里冰原作天青色，大雪罩满茫茫草野的时候，他们便成群结伙地集结在"渔把头"的身旁，策划着一年一度的冰下捕鱼活动。回到家里，一边哼唱着"有心想把大湖离，舍不得一碗干饭一碗鱼"的旧日民谣，一边翻腾着衣柜，找出老羊皮袄和狗皮帽子，备足土作坊烧制的"二锅头"，一种抑制不住的期待与守望燃烧在胸膛里。

开创新的前程，自应由衷的赞美；然而，保护我们所由来的固有传统包括文化形态、生存方式，不使它随风而逝，同样也不容忽视。人们的习惯是"待到无时想有时"。一种事物，常常是在它永远消失之时，才会追怀它、珍视它。查干淖尔的蒙古族兄弟，对于传统的尊重是感人的，他们在满腔热忱地接受现代化所赐予的科技成果的同时，把已经融入生命的那种原生态的古老渔猎文化，视为灵性之根、民生之源、族群之魂，视为人类久远的生存智慧，一代代地传承下来。

冬季捕鱼仍然保持着固有的集体劳作方式。所有的捕鱼工具都是传统的，那长长的拖网，笔直的带网杆，用于摆动和矫正冰下拖网运行的扭矛，锋利而沉重的凿冰镩，还有那运载沉重网具的大马车，都属于原生态。尤其是用马匹来转动绞盘以拖拉冰下大网的"马轮"，大概在其他地方早已绝迹了。渔民们，也包括当地政府官员，未必熟悉古代先哲"数罟（细眼的网）不入洿池"和"鼋鼍鱼鳖鳅鳝孕别之时，网罟毒药不入泽，不夭其生，不绝其长"（捕获以时）的规则，但他们凭借智慧的祖先传授下来的符合"可持续发展"的经验，严格控制网孔，坚持每年集中冬捕一个月，保证渔类充分繁殖，不搞"竭泽而渔"；湖区禁止上工业项目，绝对制止环境污染，全力打造生态、绿色品牌。他们说，这样重视对资源、生态的保护，说到底还是出于对自身发展与安全的需要。

查干湖坐落于吉林松原前郭尔罗斯蒙古族自治县。这里历史悠久，蒙、满、汉等多民族和睦共处，渔猎、游牧、农耕多元文化融合。看似荒凉、静寂，却到处张扬着迷人的风致和特殊的文化魅力，随便走进一个地方，就会有民族艺术瑰宝展现在眼前；无分男女老少，都热情奔放，能歌善舞，他们俭于物质，而丰于自然，富于诗性。令我感触尤深的是，当下城乡伴随着大规模的资源开发和高强度的人为干预，经济与文化、物质与精神的矛盾日益加剧，人们远离自然、告别传统，生命正逐渐失去光泽，心灵中充满现代性的焦虑。反映在生活中，所凭借的机械愈多，同自然的接触就越少，诗意的存在也就愈益稀薄。而查干湖的醒眼之处，正在于他们仍然保持着对自然、生灵的敬畏，体现出素朴而神秘的东方古老文化中人与自然的和谐性，引发出人们对于大自然、原生态的基本价值的遥远而温馨的记忆。这种记忆的表述，可以借用《红楼梦》中贾宝玉的一句话："看着面善，心里倒像是旧时相识，恍若远别重逢的一般。"

这里是一个完全感性的世界，声音和色彩的世界，欢呼笑语、歌鼓喧阗的世界。这种劳动中歌舞、丰收时庆祝的美学意义，是在浩大的时空中，通过一个个劳动者的体温与脉搏展现了自古迄今的无穷的生命活力。这里多的是粗犷而真实的历史遗存，无须借助于深邃、高超的理念，也用不着附加什么猎奇的视角和矫情的浪漫。表面上看，这荒寒的角落，似乎是被诗意与哲学遗忘了，其实质却蕴涵着真正意义上的灵魂回归与生命还乡，攒集了太多的心理文化和哲学命题。

（2009年）

辑四

结局都要走进历史，都要由"现在式"转为"过去式"，这没有例外；所不同的是，怎么走进去；走进历史之后能否站得住脚，留下痕迹；站住脚了，名留万古，还有流芳百世与遗臭万年的差别。

月圆想起了契河夫

一

又是月圆时候。晴空一碧，纤尘不染，空气中透着春夜微微的凉意。面对东天的皓魄，我忽然想到了契河夫和他的妻子——天才演员奥尔嘉·克尼碧尔（一译欧嘉·聂普）的绝代情缘。

1991 年年底，我在访问俄罗斯（当时称苏联）期间，曾在雅尔塔契河夫纪念馆看到馆主的一封信，那是 1895 年写给他的朋友苏沃陵的："请原谅，要是你愿意的话，我就结婚。不过我的条件是：一切应该照旧，那就是说，她（指奥尔嘉）应该住在莫斯科，我住在乡下（他当时住在梅里霍沃），我会去看她的。那种从早到晚整天厮守的幸福我受不了。我可以当一个非常好的丈夫，只是要给我一个像月亮一般的妻子，它将不是每天都在我的天空出现。"

与此相关联，他在札记中写道："爱情，这或者是某种过去曾是伟大的东西的遗迹，或者是将来会变成伟大的东西的因素，而现在呢，它不能满足你的要求，它给你的比你所期待的要少得多。"

看到这些，当时颇有感触，曾口占四句"打油"诗："至爱何辞千里远，佳姝尽可挂天边。独居自得人生趣，懒问冰轮圆未圆。"

契诃夫三十八岁时与奥尔嘉相爱，那时奥尔嘉二十九岁，是莫斯科艺术剧院一名骨干演员。当时契诃夫身患严重的肺结核，医生警告他：你已经不是医生，而是病人，不能住在阴湿寒冷的莫斯科，必须变换环境。于是，他选取了南方紧邻黑海、气候相对温暖、地处克里米亚半岛的雅尔塔定居，那里有温煦的阳光，蔚蓝的海水，清新、湿润的空气。前此，契诃夫与彼得堡的出版商马克斯签订了一份合同，卖出了自己作品的全部版权，换得七万五千卢布，他用这笔钱在雅尔塔附近买下一块地，建造了一所房子。

那么，奥尔嘉呢？由于契诃夫的极力阻止，只好留在莫斯科大剧院，完成一场又一场的舞台演出，默默地忍受着别离之苦。这样，两人结婚之后，便一直是鸿雁分飞，每年只有少量时间会面。但这并没有影响夫妻间的亲密关系，他们已经习惯了以频繁递送的"来鸿去雁"传达彼此真挚而浓烈的感情。这令人想起了宋代词人秦观的《鹊桥仙》词："金风玉露一相逢，便胜却人间无数。""两情若是久长时，又岂在朝朝暮暮！"

六年间，他们留下的情书多达八百多封。一封封信都写得婉丽动人，感人肺腑。其中有这样的语句："我最尊贵的女演员：我人在雅尔塔，我的监狱（他把自己的白色别墅，称作'白色的监狱'、'相思的囚笼'）。冷酷的风正吹着，海浪翻滚，船只停止了运行，人们都快被淹死了。一句话，你走之后的世界，糟透了。没有你，我简直想上吊。给你，四百个亲热的吻。你要好好照顾自己，我的小狗狗……"

契诃夫辞世之后，美国剧作家卡罗·罗卡摩拉以"情书"为题，别出心裁地将八百多封"两地书"串联起来，编织成一部话剧，反映一双爱侣动人的情感生活，描绘出他们间的拳拳痴情、殷殷爱意。重点是通过契诃夫生命中重要的关节点和情感起伏，表现"一个剧作家的爱与死"——爱情从莫斯科开始，到他终止生命的德国巴登韦勒结束。这是一部高水平的关于爱情、关于病痛、关于等待、关于思念的温馨作品。

信中在讲述两人的艺术生涯之外，还谈到了与同时代的列夫·托尔斯泰、高尔基、斯坦尼斯拉夫斯基等多位大师的真挚友谊。

这部剧作，2003 年曾被世界剧场大师彼得·布鲁克搬上了舞台；翌年又由中国台北地区绿光剧团移植到台湾演出。近日，我在沈阳看到了由台湾著名戏剧家、美国加州柏克莱大学戏剧艺术博士赖声川翻译并导演的《让我牵着你的手……》。此语英文原为"将你的手放在我的手心"，出自契诃夫写给妻子的情书，是《情书》全剧的第一句台词，也是剧作家死在爱人的怀中，全剧结束时的最后一句话。

和传统的现实主义剧作不同，全剧由两个人对话式的自述来支撑，与其说是爱恋情景的还原，莫如说是带着布景和简单肢体表演的书信朗诵。台词倒是十分漂亮的，缠绵悱恻，活色生香，令人回味无穷。这也正好让两位演员充分施展了他们的表演功力，用话语表现爱情之初的喜悦，和男主人公病入膏肓的虚弱无力。相较契诃夫，奥尔嘉是一个容易被忽略的角色，好在她的扮演者蒋雯丽知名度很高，功力也不错，颇受观众青睐。

二

契诃夫在雅尔塔的住宅，是一所样式新颖的别墅，美观、明亮，小巧玲珑。上面有个像神话中所说的那种模样的小望楼，有几个突出的尖角，下有玻璃走廊，四周开着一些宽窄不等、大小不一的窗子。室内陈设比较简单。书房长十二步，宽六步，整洁干净，靠近写字台挂着一张印刷体的"请勿吸烟"的标语。对门正中，开着一扇镶着黄色花玻璃的大窗子。墙壁上糊着镶金边的壁纸，一幅列维坦的笔触粗放但画艺精美的画挂在上面，场景是：傍晚的田野，许多干草垛向远处伸展开去。

别墅坐落在花园里，铁栏杆把它和公路隔开。说是花园，其实栽种的主要是苹果、梨、杏、蜜桃、扁桃等多种果树。据纪念馆解说员介绍，契诃夫在日，如果是春天清早，他会一个人静静地待在园子里，给沾满露水的玫瑰花整枝，或者细心地观察着被风吹折的嫩苗，用硫磺抹在玫瑰花枝叶上，或者拔除花圃里的杂草。

公路另一旁是用一道矮墙围起来的古老荒芜的鞑靼墓园，

寂静而荒凉，每座墓前都立有简陋的石碑。对面是一块旷地，竖有契诃夫的雕像，旁边立着一排屏风似的黑色石雕，雕刻着他的作品中的人物。

当时，高尔基、蒲宁、库普林等也都住在雅尔塔，有一小段时间，列夫·托尔斯泰也住在附近。但他与这些文豪来往不多。他在札记里写道：我流放在"温暖的西伯利亚"，"就跟将来我独身人躺在墓地里一样，现在我确实也在独自一个人生活"。据他的女友、作家、功勋艺术家谢普金娜·库彼尔尼克所记述的：他那永久不变的安详、平静和一种像难于穿透的甲胄似的外在的冷峻，把他严严实实地包围起来。

他这样做，当然是由于病弱之躯确实承受不了频繁的接待。刚到这里时，出于真诚的崇敬，那些成群的拜访者，特别是读过他的作品从而衷心景慕的妇女们，总是寻找机会，带着食品前来问候。他对这种烦扰，感到苦恼至极。

另一个原因也是主要的——创作是羞涩的，在这方面，他比别人表现得尤为突出。他从凌晨到深夜都是笔不停挥，奋力创作。他反复强调，一个人如果不写作，不经常处于那种能打开艺术家眼界的艺术气氛里，那么，即使他有所罗门王的聪明，也会感到自己是空虚和无能的。但是，他绝对不会在众人面前动笔。宋代诗人黄庭坚有两句诗，写他同时代的两位诗友截然不同的创作习惯："闭门觅句陈无己，对客挥毫秦少游。"看来，国外的大作家中，这两种情况也都是存在的。这样一来，即便是和契诃夫最亲近的人也会时刻感到，他是生活在另一个世界里，虽然身在咫尺，却不啻邈隔天涯。

可以说，契诃夫是没有快乐的，他那优美而略带忧郁的双眼，总是沉重而苍凉地观望着周遭的一切。由于生活经历的特殊和精神上的抑郁，他在作品中较少直接表现人民美好的方面和愉快的场面；作品中往往笼罩着一层阴郁的使人压抑的气氛。所思在《天边外的契诃夫》一文中指出："契诃夫的剧本里，有那么多惆怅、失望、痛苦，有灰色的卑微的生活，有焦虑的无奈的停滞，有永远无法抵达的梦想，有人失去了一切，有人浪费了一生，有人杀人，有人自杀，那为什么它们还是'喜剧'？""契诃夫嘲笑一切人，因为他们软弱、自私、虚荣、吝啬、幼稚、世故，贪图安逸、夸夸其谈、百无一用、自暴自弃，他们困在自我的迷宫里，每一个人都徒有梦想，却都因为个人的局限，没能成为自身想象或者期望的人"。

对于自己作品中的人物，他可说是一个纤细入微的心理医生，一个铁面严酷的审判者。他峻厉而冷静地刻画出俄罗斯官僚、市侩们的顽固、迟钝、愚蠢和麻木的精神状态。作为俄国文学史以至世界文学史上精湛而完美的艺术珍品，他的代表作《变色龙》和《套中人》，分别塑造了见风使舵、善于变色、投机钻营者和因循守旧、畏首畏尾、害怕变革者的典型。"我总觉得这位乡村医生该怎样用一个医生的眼睛看待病态社会和各种各样的病态人物啊！不说别的，单看出现在他笔下那些小官吏，那些庶务官、巡官、预审官之类的人物，他们的精神状态是怎样的卑下可怜，他们的言谈举止是怎样的庸俗可笑。而这些人物，正是我们在日常生活里经常碰到的，正是我们这个病态社会的产物。"（王西彦语）同时，他又以充满同情的笔触，描绘了横遭掠夺的农民的悲苦无助的生活悲剧，"哀其不幸，怒其不争"；特别是痛彻地剖析了知识分子的灵魂，反映出他们的彷徨和软弱。茅盾先生说过："本世纪 20 年代的中国青年知识分子，不论是醉生梦死的，或者是苦闷彷徨的，或者是苦苦追求人生意义的，读了契诃夫的作品，他的脑子里总是不能不泛起波澜。""因为契诃夫剥露了知识分子的内心世界，指着知识分子的鼻子问道：你洁身自好就居然以为在你眼前进行的罪恶你可以不负责吗？你敢说你不是帮凶？"

三

参观过契诃夫纪念馆，我在留言簿上写下了"他从这里走进了历史"几个字。

契诃夫出生于罗斯托夫省塔甘罗格市，死在德国小城巴登韦勒，而葬在莫斯科新圣母公墓的墓园里。就是说，同雅尔塔都沾不上边。显然，"这里"二字指的是文学——意在说明这位 19 世纪末俄国伟大的批判现实主义作家、幽默讽刺大师、短篇小说巨匠、著名剧作家，在他构筑的文学殿堂中获得了不朽。

伟大作家也好，普通公民也好，往古来今，又有哪一个人最后不是走进坟墓呢？一朝风烛，万古尘埃。有的留下了几许踪迹，大多数都幻化成一缕苍烟，随风而逝。或迟或早，或久或暂，或先或后，最后都逃不出这一种归宿，所谓"千古贤愚共一丘"也。

结局都要走进历史，都要由"现在式"转为"过去式"，这没有例外；所不同的是，怎么走进去；走进历史之后能否站得住脚，留下痕迹；站住脚了，名留万古，还有流芳百世与遗臭万年的差别。

孔老夫子有一句名言："君子疾没世而名不称焉。"在圣人看来，"没世而名不称"，这一辈子就与草木同朽了，就白活了。于是，后世的追随者，为了名重当时、声传久远，就不择手段、不遗余力地呼号奋发，颠扑猛进，到头来换得一盘冷猪肉，或者挤进了凌烟阁。但最后也不过扮演一回舞台上的当红角色。每一个在场的人已不重要，重要的是端出了这个由各种不同的名人所组成的团体节目。在这里，个人作为一方方碎布片，再借助于史学家"受控想象"来进行谨慎的织补，使之大体还原，而成为布洛赫所说的那种有血有肉的"总体史"。

这也可以说是进入了历史。但契诃夫的进入，却与此不同，他靠的是万古长新，永不漫漶、模糊、褪色的由文字书写的作品。这样，就既不需要编排什么"团体节目"，更无须通过"受控想象"、谨慎织补，而实现大体还原的期待。诚然，他的个体生命是短暂的，不过四十四个年头；而且，如果按中国古代所说的"三不朽"来衡量，也没有任何功业可言。他的进入历史，入场券上写的是上千篇小说和五部戏剧。更重要的在于后世难以超越的质量。高尔基说过，契诃夫的小说是"内容比文字要多得多的作品"，以"篇幅不大的作品在做着一件意义巨大的事情：唤起人们对浑浑噩噩、半死不活的生活的厌恶"。

可以说，契诃夫终其一生，始终未能摆脱两种旷日持久的死亡经历：一种源于自身，属于肉体层面上的死亡。无情的病魔正在自己的孱弱之躯上疯狂肆虐，随时都在发出死亡的警告与召唤。作为一个高明的医生，凭着丰富的经验，他当会比任何人都了解死神威胁的严酷性。另一种则来自外面，属于精神层面上的死亡。在令人窒息的旧的专制环境中，伴随着茫无际涯、无比猖獗的保守势力的弥漫，成千上万的人已经埋葬在庸俗无聊的生活泥淖里。这种精神上的沦落，较之肉体上的折磨，无疑是更为痛苦、更加令人哀悯的。他在剧作《伊凡诺夫》中，就曾批判过一个缺乏坚定思想信念、因经不起艰难生活考验而自杀的知识分子主人公。他呼号奋发地呐喊着："不能再这样生活下去了！"

而他最终所获得的，却是不朽、永生。

白云黄叶，飘逝过八十几度春秋。造访雅尔塔期间，当我徜徉在小说家惨淡经营的果园里，恍惚迷离中，仿佛看到他那特色独具的身影：他穿着大衣，拿着一根手杖，身形瘦削，留着胡须，依旧戴着那副夹鼻眼镜，头上罩着一顶软软的黑便帽，神情散淡而严肃。此刻，正眯着深色的眼睛，从帽檐底下往外看着什么。我下意识地放轻脚步，忍住了咳嗽，唯恐惊扰了这位文学殿堂上的尊神。

（2014年）

叙利亚听歌

一

听说我从叙利亚访问归来，早饭后，友人辛风带着他的刚从北京外国语学院毕业的小女儿辛玲过来闲坐。玲玲学的是阿拉伯语，属于小语种；但就业形势很好，已经有两个单位与她取得联系，不日即可签约了。这次过来，也是为着了解一点阿拉伯地域的风情。

我从行李箱里，翻出了几份有关阿拉伯世界的资料，还有一个音乐光盘。辛玲看了光盘上的文字，告诉他爸爸：这是在阿勒颇灌制的。我说，你讲得很准确，我正是那天晚上，在阿勒颇古堡梯形剧院听歌后，当场花了六十叙镑买到的。

父女俩听了，兴趣很浓烈，要我讲讲那里的情况。我说：

我们辽宁省友好代表团，一个星期以来，先后访问了包括首都大马士革在内的叙利亚四个大城市，算是领略了它的全部腹腴之地。这天午后的活动内容，是参观阿勒颇古城堡。

连日来，不断地刮着热风，飞着黄沙，弄得人们心里无比烦闷。可是，一进阿勒颇市区，就赶上一场小到中雨。地面湿润了，连日的干热为之一扫。草坪、绿树被浇掉了灰尘，显出几许葱茏的生意。

阿勒颇位于叙利亚共和国西北部，是中东地区最古老的城市之一，过去是美索不达米亚平原通向地中海的交通要站，中世纪时期，又是"丝绸之路"上东西贸易往来的通衢要地。我们参观的古城堡，原本是古巴比伦王国和亚述王国神庙的所在地，耸立在城中心一座锥形的小山上，周围是一条深二十米、宽三十米的堑壕；从沟底到城墙顶端高达六十五米。我们穿过一座方形塔楼和吊桥，进入城墙的正门。入口处共有三道大铁门：第一道门因为雕有两条互相盘绕的巨蛇，而被称为"蛇门"；第二道门雕有一对狮子，面对面地坐着，显现一副威严肃穆的神态；第三道门也雕有一对狮子，一只笑着，一只哭着，情态逼真，其义未能索解。

暮色苍茫，过往行人全部笼罩在雨纱、雨网、雨幕中，可是，当地游客却很少有打伞的，一个个从容闲步，任凭衣服、头发淋湿。他们对雨有一种特殊的感情，说"不是下雨，是降金元、落银米啊！"陪同的东道主问我："你们也喜欢雨吗？"我说："我们更喜欢春雨——'杏花雨，仓里米'，春雨贵如油。"我们代表团里有个张云女士，说得一口流利的阿拉伯语。东道主说，是她给这里带来了喜雨。我们便说，那就干脆把她留在这里吧，让她当沈阳驻阿勒颇"气候领事"，专门负责改造干旱天气。

辛玲听了，拍着手，笑说："王叔！那我也去。"

我说："不过，可要屈尊了，只能当副领事。"

她爸爸说："别捣乱，听你王叔讲。"

于是，我就讲述了那天晚上听阿拉伯音乐的景况。

二

晚 9 点 30 分，由省长、副省长——阿勒颇是个省，与我们相对应——陪同我们一行，在古城堡梯形剧场欣赏阿拉伯音乐与歌曲。

一开场，就上来一位精神矍铄的歌手，年纪在六十岁上下，据说是全叙驰名的功勋歌唱家。只见他怀里抱着一个类似冬不拉的弹拨乐器，一边弹着，一边放声歌唱，旁边还有三个青年歌手伴唱。乐队分列两旁，左边是一位乐师坐着弹琴，另一个人站着敲击手鼓；右边两个人都坐着，一吹长箫管，一奏小提琴。歌声与器乐，优美、和谐，配合默契。这位老年歌唱家整个身心都投入到了音乐所表达的境界中去。苍凉是歌声的基调，但听了并无衰飒、悲戚之感，而是越唱越是浩渺、激越，雄豪、闳阔，令人觉得像是置身于广漠，面对着苍天，又仿佛是在眺望大海，或者驰骋草原。虽然听不懂歌词，也不清楚歌曲的名字，但那开阔的音域、绵长的韵律、舒缓的节奏、悠远的意境，便是一辈子也难以忘怀，现在好像还回响在耳边，令人玄想无穷。

确是这样。那天晚上，听着听着，我就进入了一种畅然冥想的境界：天空流云成阵，白日如盘。一个骆驼长队，在起伏的沙脊上，沉重地迈着缓慢的步子，不知其所自来，也不晓得要到哪里去，似乎既没有起点，也没有终点，只是茫茫然行走着。耳畔，伴着阵阵驼铃，响起上达苍天、下连瀚海的无限苍凉、幽邈的歌声。此刻，即便你胸中积蓄着重重心事，有再多的郁结不舒，听了这种歌唱，也会得到化解，引导你进入一种平和的心境，精神顿时安定下来。

友人辛风接着补充了一句："同样是邈远，同样是苍凉，但是，沙漠地区的音乐与草原地区的不一样，草原的回旋柔和、抒情味浓，而沙漠地区的则显得加倍的苍凉、闳阔。"因为他年轻时曾在新疆生产建设兵团工作过，对沙漠和草原都有直接的体验，所以，说得非常到位。

我说，意大利的小说家卡尔维诺，在《看不见的城市》中，借马可·波罗之口说过一句名言："回忆的形象，一旦用语言固定下来，那它的形象便消失了。"现在正是这种情况。许多形象的东西都被我讲丢了。咱们还是打开光盘，实际听一听吧。

于是，我们就在电脑上把这张原装的叙利亚音乐片放了一遍。

"叙利亚音乐艺术，主要起源于阿拉伯先祖贝都因人。"我问玲玲，"'贝都因'是阿拉伯语吧？"

辛玲说："是的，词意就是'游牧的民族'。"

"这个游牧的民族，成年累月在广袤的沙漠上游走，逐水草而居，完全融合到大自然之中，和大自然同呼吸、共命运，有着血肉的联系。他们居住在用兽皮缝制的帐篷里，日常饮食全都从骆驼和滩羊身上索取；人们性格剽悍，骁勇好斗，却又特别热情好客，哪怕是接待一个陌生人，也会拿出最美味的食品；但时间观念不强，甚至可以说缺乏时间观念。朝霞晚照，月夜星晨，他们过着无拘无束、与世隔绝的生活；眼中所见、耳畔所闻，都是风走沙鸣，鸟啼兽吼，号角驼铃。这个习惯于寂寥独处的族群，世世代代，从这种自然天籁中，汲取灵感，寻求乐趣，获得神示。这样，音乐就成了他们生活中的重要组成部分，也是他们与生俱来的天赋，整个民族共有的特长。"

三

那天，走出剧场，时间已是 11 点。省长通过翻译告诉客人："咱们找一处高雅、干净的地方，吃夜宵。"

这是一个较为高级的餐馆，屋里已经坐上了很多衣帽整洁的男女食客；设施倒是比较简单，一律是长条木桌，对面坐人。首先端上来的，是凉菜、果蔬、饮料，还有面包、烤片；接着，是烤制的牛、羊、鸡肉；最后，上的是主食，新烤出来的大饼：原本是一个小面团，发酵过的，略一拉平之后，送进烤炉烤过，一下子成了暄腾腾的一张大饼。大家可能是饿了，"三下五除二"地就"消灭"一张，然后交口称赞它的味道甜美。席间，有一种类似我们的麻酱，蘸了蔬菜味道很好，还有橄榄油，也颇受欢迎。大饼，吃了一张又一张，啤酒、酸奶、饮料，喝了一瓶又一瓶，肚子已经"武装"得差不多了。突然，侍者又端上来两大铁盘烤出的羊肉馅，里面拌有西红柿、青椒、橄榄油，甘香扑鼻，带有极强的诱惑力。于是，我们便又扯起大饼，照东道主省长的吃法，一块块地撕碎，然后往肉馅上一摊，用三个指头捏起，再送进嘴里。须臾间，两大盘肉馅已经见了底。

这时，省长又向客人交代：刚才在剧场看的音乐节目，过于严肃，也有些苍凉；现在，再补充一些欢快的歌舞。

说着，他就带头下了舞场。也许是有意安排，场间都是一些上流社会人士，有企业家、医生、律师、公务员，一般都带着夫人或者情人。先是跳交际舞，一手揽腰，一手搭肩，两人对舞，多是肚脐相对，上身不贴，一般都是女人比较活跃。然后是两人站在对面，只摆动手势，脚微微跳起，而眉目传情，姿态也十分优美。只是有一对舞伴不太和谐，女人总是顺着男人脖子后面，盯着另一个男人；另一对舞伴，女士对身旁的男人勉强应付，似乎在寻找机会摆脱掉他；也有的女士，偶尔同别人打个招呼，而后便全神贯注地同自己的伴侣翩翩对舞。

开场时，省长曾礼貌地挥手致意，邀请我们入列，但考虑到情况生疏，礼节不熟，不想贸然介入，便善意地加以回绝，主人也并不勉强，一切都顺其自然。

紧接着，民歌专场开始了。男女歌手们完全沉浸在一种迷狂、沉醉状态中，仿佛忘记了观众，也忘记了时间。《墙上的镜子，请你下来》《睡吧，小宝宝》……一支接一支地唱个没完。歌手极度投入，摇头闭眼，目中没有任何东西，也不知今世何世、今夕何夕，完全处于一种自足、自娱状态。

我最欣赏的，是一首名为《你呀，你呀》的叙利亚民歌。青年男女对唱，像一双欢快活泼的画眉鸟，嗓音嘹亮，美妙动听，喉头宛如装着个小唢呐，无比高亢、清脆，使全场听众为之倾倒。他们以非常完美的唱腔，形象地表达了一个小伙子对爱情的执着与忠诚，对姑娘的倾心爱恋与热烈追求。通过反复咏唱，小伙子的真挚、直率、热情、尴尬，以及那种爱而不舍、急而不躁、气而不恼的复杂情感，表现得淋漓尽致、惟妙惟肖；听众完全被带进一种欢欣愉悦的气氛中。

我的话音刚落，玲玲就站起来，一边唱，一边做着表演——

姑娘你好像一朵花

美丽的眼睛人人夸

姑娘你和我说句话

为了你的眼睛

我到你家

你把我引到了井底下

割断了绳索

就走开啦

你呀

你呀

……

　　这首广为流传的叙利亚民歌，在我们国内的电视台曾经多次播唱，我就看到过著名女高音歌唱家于淑珍的演出。在校期间，玲玲也曾在音乐会上演唱过。全部歌词轻松活泼，节奏明快，风趣乐观，委婉动听，生动诙谐。这是三段中的第一段。

　　那天在阿勒颇的聚会，长达四五个小时，回到住地，已经是深夜一点半了。当地人传统上都属于沙漠民族，而沙漠地区白天骄阳似火，夜间清爽宜人，所以，许多集会、歌舞活动都安排在晚间。这天又正赶上周六，第二天是星期日，因此，东道主乐于陪同远方来客，作长夜之欢。

　　席间，省长入座，和普通观众一样，毫无特殊之处；进场出场，也完全按照顺序，没有人予以特殊扶侍、关照，这都给人留下了很好的印象。

（1999年）

一夜芳邻

一

　　说来也是一桩人生幸事，我竟然有机会在一个半世纪之后与蜚声世界文坛的勃朗特三姊妹做了短暂的邻居。

　　来到哈沃斯已是暮色微茫了。远处的山影茫然，淡成似有若无的一袭青烟。广袤的荒原上一簇簇、一片片的石楠花开得正闹，视野所及，仿佛遍地覆盖着一层红紫斑驳的地毯。一条坡度较大的石头道把行人引向村街，两旁排列着积木般的住舍、酒馆、花店和杂货铺。衬着渐隐渐暗的霞晖，高耸的教堂钟楼微现出一层亮色，而对面的勃朗特纪念馆却显得十分暗淡了，好在里面已经多年如一日地按时亮起了灯光，使整座建筑凸显出大致的轮廓。夜幕徐徐地把小村落笼罩起来，枝头鸟雀的啁啾替换为草间鸣虫的合唱，像定音鼓似的每隔一刻钟教堂上空就要响起一次钟声。

　　纪念馆为沙石构筑的乔治安式二层小楼，原是勃朗特一家的住宅。听说，当日夏洛蒂、艾米莉、安妮三姊妹就住在左边的楼上，右边是她们的父亲的书房，在这家里已待了三十年的龙钟女仆住在楼下。现在，当然已经是人去楼空了。

这座阅尽勃朗特一家兴衰、嬗变，经历过三个世纪风霜浸染的老屋，于今像是一座苔藓斑驳的古碑，一轴纸色已经泛黄了的画卷，载录了19世纪上半叶三位才女留在英国文学史以至世界文坛上的深深印迹。

实在难以想象，这样几间看不出什么特色的普通石屋，从中竟升起了卓绝千古的文学之星，竟孕育出那些恢宏、壮美的传世杰作！凡是读过《简·爱》、《呼啸山庄》和《阿格尼丝·格雷》的人，有谁不为三姊妹天马行空般的瑰奇诡异的想象力，为她们书中捍卫独立人格、表达强烈爱憎的蕴涵，美得苍凉、充满着诗情画意的文笔而倾倒呢！

纪念馆与教堂中间有一片空地，很久以前就成了村里的墓葬区，但三姊妹并未葬身其间。小妹妹死在几十英里外的一个市镇，骸骨没有运回；两个姐姐病逝之后即被安葬在这座教堂里，故乡父老毫无保留地接受了自己的诗魂。对于他们来说，教堂的意义与价值也许已经超越了一般宗教的内涵。由于这里成了两位天才女作家的终古长眠之地，乡亲们为之而骄傲，感到无比的自豪。

许多作家、艺术家生前颠沛流离，死后埋骨他乡，甚至葬身异域，勃朗特姊妹算是其中的例外，故居和葬地紧相毗连。这对于过早地失去三个女儿的老父亲，固然是一种心灵的慰藉；然而，生于斯，卒于斯，歌哭于斯，存亡异路，人天永隔，又不能不引发旷日持久的刺骨椎心般的伤痛。当然，在西方人的观念里，存殁、幽冥的界限似乎不像东方那样极度的分明。因此，也就没有那种临尸悚惧、与鬼为邻的感觉。

尤其是，当一个个被神话包装成辉煌圣殿的天体在天文望远镜下和宇宙飞船面前露出粗粝的沙荒本相，数千年来人们心目中的天国幻梦终归化为泡影的时候，倒反而觉得眼前这一方墓穴、几抔艳骨是更为实在，更可接近，更感亲切的。

我投宿的小客栈与教堂隔着一条小道，特辟的西窗斜对着三姊妹的故居，抬起头来便能望见里面的灯光。这个店主真是绝顶聪明，起码是一位文学爱好者，他懂得把视线引出石墙之外，投向那不平凡的小楼，对于专程前来的孺慕者未始不是一种欣慰。整日的旅途劳顿，我颇感两腿酸痛，眼睛也有些昏涩了，原以为只要脑袋贴上枕头就会呼呼睡去。谁知，躺下之后经过一番静息，困意反而消遁了，辗转反侧，悠哉游哉，无论如何也摆脱不了对面那座小楼——那楼上不灭的光焰的诱惑。

不知什么原因，在这里住下，居然有一种岁月纷纷敛缩，转眼已成古人，自己被夹在史册的某一页而成了书中角色的奇异感觉。睡眼迷离中，我仿佛觉得来到一座庄园，一问竟是桑菲尔德府……忽然又往前走，进了一个什么山庄，随着一阵"嘚、嘚"的马蹄声，视线被引向一处峭崖，像是有两个人站在那里……翻过两遍身，幡然从梦境中淡出，我再也躺不下去了，看了看表，还差十分钟，后半夜三点。

于是，起身步出户外，循着石径直奔纪念馆的灯光走去。

夜风卷起了散落在阶前的黄叶，天空云幕低沉，不见一丝星月的毫光。视域里暗夜茫茫，即使没有墙垣遮蔽，左侧墓地上的碑碣也无法看清，只有几株高大的枫香、梧桐晃动着黑黝黝的树冠，发出阵阵林涛的喧响。两只寒鸦惊起后聒噪了几声，很快又在枝间落定，一切复归于静穆。

　　故居与教堂墓地之间的石径不过五六十米，一如勃朗特姊妹短暂的生命历程，而其内涵却是深邃而丰富的。其间不仅刻印着她们的淡淡屐痕，而且，也会浸渍着情思的泪血，留存下她们心灵的轨迹。

　　一遍又一遍，我往复漫步，觉得好像步入了19世纪的三四十年代，渐渐地走进她们的绵邈无际的心灵境域，透过有限时空读解出它的无尽沧桑；仿佛和她们一道体验着至善至美而又饱蕴酸辛的艺术人生与审美人生，感受着灵海的翻澜，生命的律动。相互间产生了心灵的感应，一句话也没有说，却又像是什么都谈过了。

　　夜色无今古，大自然是超时间的。具体的空间一经锁定，时间的步伐似乎也随之静止，我完全忽略了定时响振的教堂钟声。脑子里不停地翻腾着三姊妹的般般往事，闪现出她们著作里的一些动人情节。在凄清的夜色里，如果凯瑟琳的幽灵确是返回了呼啸山庄，古代中国诗人哀吟的"魂来枫林青，魄返关塞黑"果真化为现实，那么，这寂寂山村也不至于独由这几支昏黄的灯盏来撑持暗夜的荒凉了。

　　噢，透过临风摇曳的劲树柔枝，朦胧中仿佛看到窗上映出了几重身影——或许三姊妹正握着纤细的羽毛笔在伏案疾书哩；甚至还产生了幻听，似乎一声声轻微的咳嗽从楼上断续传来。霎时，心头漾起一脉矜怜之情和深深的敬意。

二

天阴得更沉了，漫空飘洒起蒙蒙的雨雾，茫茫视域里一片潮天湿地。我简单地用过早餐，便急匆匆地一头钻进了想望已久的勃朗特纪念馆。这里资料比较丰富，实物也不少，几个展柜中都珍藏着手迹、书稿，衣橱里存放着夏洛蒂穿戴过的衣服、鞋、帽，厅堂里摆着艾米莉弥留之际躺过的沙发，还有安妮最珍爱的摇椅，各个居室的布置也都保持原貌。

当然，作为历史的再现，它所撄攫人心，令人徘徊瞻顾、穷究深索的，还不是主人一般的视听言动的遗迹，而是那种形而上的超越时空界隔、具有普遍意义的创造精神，是获得永恒价值的鲜活灵动的艺术氛围，是三位文学精灵的超常的智慧和恒久的魅力。

就艺术而言，作品对于作家及其创作背景具有相对的独立性，但它毕竟是某种现实的反映或心灵的再现。即使是一个普通的有机体，也还要考虑它的遗传基因和环境条件，何况一部作品乃是作家心血的结晶、灵魂的副本，是一个激情过于饱满的心灵的不可抑制的外溢。这样说来，人们自然会提出一个问题：三姊妹固然属于天纵奇才，但她们的成功是否也有现实的踪迹可寻呢？

从画像上看到，夏洛蒂一头短发，一双大而奇特的眼睛止水般的宁静，身材瘦小，举止稳重；艾米莉个头略高，一副神经质，不胜羞怯似的神情，显得落落寡合；她们的妹妹安妮长着一双略带紫罗兰色的蓝眼睛，面孔富于表情，意态有些矜持。三姊妹的体质都十分孱弱，患着同样的结核病。死神一直在这个家庭里猖獗肆虐，七年间三姊妹先后弃世，分别得年三十九岁、三十岁和二十九岁。

勃朗特一家基本上处于与世隔绝状态，一向清贫寒素，三姊妹童年是在寂寞与凄苦中度过的，但精神世界并不空虚。父亲是一位牧师，性格有些乖戾，却酷爱文学，出版过诗集，早岁周游各地，带回许多文学名著；母亲也是天资颖慧的，只是年纪很轻就去世了。三姊妹上过几年学校，由于赋性孤僻，与其他女孩子很少交往，更多时间是在家里自学，由父亲给她们讲课，或者跟随阅历丰富的女仆在荒原上闲步，听讲一些带有原始意味、充满离奇色彩的遗闻逸事。

从而她们相信，早先年仙女们经常在月色溶溶的夜晚来到溪边沐浴，后来山谷间种下了钢筋铁骨，长出一幢幢四四方方的厂房，仙女就再也不来了。她们从老女仆那里了解到社会上各色人等的生活方式和百式百样的人生厄运与家庭悲剧。

三姊妹的创作活动，早在十二三岁时就开始了。她们编撰了许多想象奇特、内容荒诞、语言夸肆的传奇、戏剧与诗歌，把它们刻印在自己编辑出版的"杂志"上。展柜中陈列的大量火柴盒、纸烟盒般大小，字迹像米粒似的纸片，便是夏洛蒂及两个妹妹当时的手稿。对于现实生活中所缺少的，孩子们大都喜欢通过想象编织一些美丽的幻梦来加以补偿；而孤独、寂静的环境又有利于孩子们养成沉思、幻想的习惯。她们把听来的外界的离奇诡异的传说，偶然接触到的各种社会现象，经过剪裁梳理、虚构夸饰，编织成有趣的文学"梦幻之网"。

长大之后，绝大多数时间，她们也还是离群索居。除了闷在房间埋头创作与绘画，就是在荒原上长时间地散步；走累了，便坐在山坡上石楠花丛边，双手托腮，眼睛定定地盯着下面的村落，仿佛要把隐匿其间的一切神奇诡秘窥察个水落石出；或者仰首苍空，望着变幻多端的云朵，扑扇着幻想的羽翼，展开丝丝缕缕、片片层层的遐思。这时，她们就觉得心胸、眼界也像苍空、碧海一般的辽阔。

看来，三姊妹都属于马赛尔·普鲁斯特所说的"用智慧和情感来代替他们所缺少的材料"的作家。她们常常逸出现实空间，凭借其丰富的想象力和超常的悟性遨游在梦幻的天地里。

她们的创作激情显然并非全部源于人们的可视境域，许多都出自有待后人深入发掘的最深层、最隐蔽、也是含蕴最丰富的内心世界。可以说，这大大的荒原和小小的石屋只是托起她们那波诡云谲、万象纷呈的内宇宙的一个支点，不过是在奇光幻影的折射下所展现的环境的真实。

在一个个寂寞的白天和不眠之夜里，她们挨着病痛，伴着孤独，咀嚼着回忆与憧憬的凄清、隽永。她们傲骨嶙峋地冷对着权势，极端憎恶上流社会的虚伪与残暴；而内心里却炽燃着盈盈爱意与似水柔情，深深地同情着一切不幸的人。
她们一无例外地抱着理想主义的浪漫情怀，渴望得到爱神的
光顾，切盼能像同时代的女诗人伊丽莎白·勃朗宁那样拥有
一个情投意合的理想伴侣。

可是，她们却又高自标格，绝不俯就，要求"爱自己的
丈夫能够达到崇拜的地步，以致甘愿为他去死，否则宁可终
身不嫁"。这样，现实中的"夏娃"也就难于找到孪生兄妹
般的"亚当"，而盛开在她们笔下的、经过她们浓重渲染的
爱情之花始终不能在实际生活中展现，只能绽放于各自的蒸
腾炽热却又虚幻渺茫的想象之中。这确实是最具悲剧意味、
令人无限伤情的事，千载以还，谁人能不为之倾洒一掬同情
之泪！

她们只是艺术家而不是思想家，作品中除去一些鲜活的
形象和耐人寻味的意蕴，看不出什么微言大义，也谈不上号
角和火把。里面也蒸腾着血的气流，飞扬着爱的旗帜，但总
体来说，她们对于社会、人生、爱情、事业所持的往往是悲
观的态度。

在当时特定的历史条件下，恰恰由于借助这种悲观的
哲学视角，使清醒的头脑、冷峻的思维获得了独特的第二视
力——从局部、暂时的平静想到整个社会的动荡不宁，鸡鸣
风雨；透过花团锦簇的表面繁华看到人生背后的惨淡、悲凉；
在看似正常的现象中察觉出荒诞的本质。

艾略特等西方现代诗人曾经从象征意义上写到了荒原，
用以昭示资本主义繁荣景象后面人性的荒漠化。而勃朗特姊

妹笔下的荒原则基本上是写实，却也同样是深邃的意象。

其实，艺术的力量说到底是生命的力量。任何一部成功之作，都必然是一种灵魂的再现、生命的转换。勃朗特三姊妹就是把至深至博的爱意贯注于她们至柔的心灵、至弱的躯体之中，然后一一熔铸到作品中去。这种情感、意念乃至血液与灵魂的移植，是春蚕般的全身心的献祭，蜡炬似的彻底的燃烧。

作品完成了，作者的生命形态、生命本质便留存其间，成为一种可以感知、能够抚摸到的活体。而当读者打开她们的作品时，便像是面对面地与之交谈，时时感受到她们的生命气息，在分享着生命愉悦的同时，也充分体验到一种强烈的生命冲击。所以说，读她们的作品需要用整个心灵，而不能只靠一双眼睛。

三

追求生命的永恒，原是人类最带本能色彩，也最具本质意义的一种向往。可是，勃朗特三姊妹的一生却是十分短暂的。这对于作家来说，无论从生活阅历、生命感悟、经验积累、时间延续哪方面看，都是一种难以超越的限制，无法补偿的损失。但这只是一个方面，还有比生命长度更为重要的因素，那就是生命质量和生命价值。

就此而言，英年早逝的勃朗特三姊妹和许多遐龄高寿的文学大家相比却是毫无逊色的。高度浓缩的一生使她们迅速

开花、成熟、结实，一二十年间便展现出绝世的才情，留下
了惊人的创获。如同三颗联袂横空的陨星，在穿越大气层的
剧烈摩擦中，刹那间放射出夺目的光焰，自尔神采高骞，无
愧于星月辉煌、云霞灿烂。

与她们同时代的英国著名诗人马修·阿诺德写过一首《哈
沃斯墓园》的诗，在深情悼惜勃朗特姊妹超人的智慧、非凡
的热情、强烈的情感之余，称许她们为拜伦之后无与伦比的
天才。作为一个文学群落，"三姊妹现象"在世界文学史上是
仅见的。难怪有人说，她们的出现是近代的一则神话。直到
今天，西方还有人称她们为"文学的斯芬克斯"，一个难解的
谜团。

有一类作家是专门向着人类心曲说话的，他们往往以任
何时代都能理解、都可以交流的旷世知音为倾诉对象。这种
远离群众活动方式的选择，决定了他们一生都将在寂寥、孤
独中度过。如果能够幸逢知己，即使生非并世，时隔百代千
秋，也足以慰藉其傲骨、孤魂于重泉厚壤。

中国汉代文学家司马迁读了屈原的《离骚》，不禁热血
贲张，深心向慕，"悲其志，想见其为人"；唐代诗人杜甫暮
年出蜀，过宋玉故宅，睹其遗迹，感其生平，一时悲从中来，
发出"怅望千秋一洒泪，萧条异代不同时"的苍凉浩叹。过
去，我同许多文学朋友一样，每当展读《简·爱》和《呼啸
山庄》等文学名著，或者观看据此改编的影视作品，都为其
恒久的魅力、高蹈的灵思而深情仰慕，由衷向往。今日天缘
得便，有幸止宿于勃朗特姊妹的故宅与墓地之旁，更是生发

出一种幽冥异路、觌面无缘的悲慨。我们何止是"异代不同时"啊，而且还远隔重洋，迢遥十万八千里！但我深信，作为文人，彼此的心路都是汩汩相通的。

按照钱锺书先生的说法，文学"邻近着饥寒，附带着疾病"，操此业者皆为"至傻至笨的人"。引为自豪的是，我们这些"至傻至笨的人"从事这种最艰辛的"创造意义"的劳作，竟然都是自觉的选择，全身心地投入。我从三姊妹对文学的宗教式虔诚和"之死靡它"的献身精神中体验到一种情志的互通和心灵的感应。

天色转晴，和煦的秋阳钻出了云层，枫香筛下来片片光影，教堂的七彩玻璃上映射着耀眼的光芒。"叮叮当当"，一阵钟声响起，不知不觉中已经到了上午十一点，时间过得真快呀！还有几十分钟就要登上返程的班车，告别芳邻，同三姊妹说声"再见"了。为了永不忘却的纪念，我请人拍摄了两张同故居的合影。回过头去，又凝神瞩望了好一会儿，想让这座不寻常的建筑牢牢嵌入我的记忆之窗。

还有一桩要事，就是参谒夏洛蒂和艾米莉的墓地。走进教堂，我屏息敛气，放轻了脚步，穿过一排高大的拱柱，在玫瑰窗下的高台上看到那块刻录着勃朗特一家人辞世年月的特制石板，而左侧地面上就平放着标示两姊妹埋骨位置的铜质墓碑。我把事先准备好的一束鲜活俏丽的石楠花虔诚地放在上面，权当作心香一炷。金光璀璨的碑铭与紫里透红、生意盎然的鲜花相映生辉，令我悲欣交集。

一百五十三年前，在艾米莉生命的最后时刻，姐姐夏洛蒂想到应该给她献上一束平日她最喜爱的石楠花——尽管寒冬时节花容惨淡，枝叶枯萎，但她还是撷采盈掬。遗憾的是，此时的艾米莉已经神情木然，什么也认不出来了。

对着墓碑和鲜花，我低声吟诵着《呼啸山庄》结尾的一段话："我在那温和的天空下面，在这三块墓碑前流连！望着飞蛾在石楠丛和蓝铃花中扑飞，听着柔风在草间吹动，我纳闷：有谁能想象得出，在那平静的土地下面的长眠者，竟会有并不平静的睡眠。"

班车驰下了石头道，走出了荒原，离开哈沃斯越来越远了。这是我的英伦之旅的最后一站。其间访问过不少名城胜迹，参观过一些王宫、城堡、塔楼、教堂，有的堂皇富丽，有的壮伟巍峨，有的古趣盎然。但都止于一般的观赏，"游于目而未入于心"，时日既久，便会如过眼云烟，无复忆念。

而在荒疏、僻陋的哈沃斯村，在勃朗特姊妹的故居和墓地，却经受到一番心灵的撞击，情志的交感，觉得那里跃动着不灭的诗魂，鲜活人物呼之欲出，因而牵肠挂肚，意驻神萦，留下了绵绵无尽的遐思——看来，这一夜芳邻怕是永生永世也难以忘怀了。

（2002年）

"少年版"福尔摩斯

访欧归来，由于受"时差"影响，睡眠不好，我觉得有点头痛，便趁星期天去一位从医的文友家闲坐。不凑巧，医生夫妇出去参加一个朋友的婚礼，只有刚上初中的儿子小冬冬在家。听我说头有点疼，冬冬便拉着我玩一种叫作"二十猜"的游戏，说："这样，伯伯的病就好了。"

玩法是：甲方事先确定一个谜底，它可以是人名或者物事，古今中外、飞潜动植不限。乙方在猜测的过程中可以提问，但是，如果不能在二十次之内猜中就算认输。因此，如何设问就颇有讲究，比如对方的谜底是一个人名，猜这种谜，就要考虑：是今人、古人？文人、武人？活人、死人？男人、女人？中国人、外国人？实有人物还是艺术形象？一般的规律，应该是先拉大网，尽量把一些无关因素排除掉，逐渐缩小范围，步步逼近，最后直抵答案。

这天，我连续出了三个谜，都被冬冬猜中，而他出了一个却把我难住了，经过十八个回合，已经猜到是英国的一个名人，什么莎士比亚、牛顿、瓦特、撒切尔……都猜过了，一一遭到否认，最后我只好认输。冬冬狡黠地亮出谜底，一看竟是"福尔摩斯"。我说，这就有毛病了：刚才已经问过"是不是实有其人"，你做了肯定的答复，因此就排除了文学作品中艺术形象这个因素。

冬冬说："福尔摩斯当然是真人了，现在还活着。"说着，他顺手拉开抽屉，找出几封信件，说是班上同学读过《红字的研究》和《四签名》之后，写给这位神探的。"不是真人、活人，同学们能给他写信吗？"每个信封上都有用英文标明的地址：伦敦市区贝克街221B。

"可惜太晚了，如果是半个月以前，我会亲手交给福尔摩斯博物馆的。"我说。

冬冬眼睛唰地一亮，"啊？王伯伯，您去过福尔摩斯博物馆了？"

"是的。"我说，"博物馆前身是福尔摩斯的私家侦探所，他与朋友华生医生在这里住了二十三年。"

"那是一个四层小楼，一楼是房东哈德森太太的餐馆，福尔摩斯的书房和卧室在二楼，三楼住着华生医生，最上一层是仆人的房间。"冬冬不假思索地说。

他对小说中的描述竟谙熟到这种程度，令我颇感惊讶。我告诉他，馆内的陈设正是这样。福尔摩斯的书房正对着贝克大街——这条大街是实有其地的，当时只有几十户人家，编号至84。作家防止读者以假当真，特意给它编了个221号。书房的壁炉里似乎还升腾着红彤彤的炭火，旁边有两把老旧的沙发座椅，中间茶几上放着神探的前后两个帽遮的方格花呢帽子，还有平时常用的烟斗和放大镜。靠窗的方桌上摆着三部卷宗，分别是：《人类社会学》、《脚印与演绎推理实证》、《化学分析原理》，桌旁立着一把制作精细的小提琴。

"神探常常从拉琴中获得灵感，侦破疑案。"冬冬插了一句。

我接着说，书房的隔壁是福尔摩斯的卧室，里面有一张单人床，床上放着一副手铐、一只黑色小皮箱和一件蓝色外套。楼上房间的陈列台上，放着一部老式的电话和福尔摩斯用过的左轮枪、拐杖、怀表、小刀等物件。还有大量的书信册，里面保存百余年来世界各地的来信，有要求得到福尔摩斯亲笔签名、照片和题词的，有抒发对其仰慕、向往之情的，更多的是遭遇了困难，碰到了疑问，请求神探帮助解决的。据博物馆接待员马修先生讲，这类信件每年都会接到数千封，馆里只好指派专人以福尔摩斯口吻对重点信件予以答复。最有趣的是，每逢 1 月 6 日福尔摩斯的生日，总有许多人寄来贺卡；平时他也经常收到一些请柬，邀他出席婚礼、毕业典礼或者生日舞会；等等。

我告诉冬冬，像到处都有球迷一样，世界各地都有数目可观的"福尔摩斯迷"，形成一种宗教式的崇拜的狂热，欧美许多地方都成立了福尔摩斯学会、协会、研究会。我还见过一份福尔摩斯的年谱，不知根据什么确定他出生于 1854 年，说他是一个乡绅的后代，祖母是法国画家贺拉斯·凡尔奈的胞妹，继承了这一艺术血统，使他终生酷爱音乐。1872 年，接受大学教育，他专攻化学，不愿与人交际，只喜欢一个人闷在屋里苦苦思考。1877 年创立侦探所，连续接办多起重大疑案，均获成功，从而声名大震。1903 年之后宣告退休，金盆洗手，并离开伦敦到乡间隐居，从事养蜂研究，1914 年出版了《养蜂实用手册》，此后音信全无。

听到这里，冬冬溢出一种扬扬自得的神情，摇着我的手说："怎么样，王伯伯？福尔摩斯是真人吧？"

"冬冬，我还和福尔摩斯合影了哩。他站在那里，戴着一顶前后双檐的花格呢帽，面目清瘦，眉毛浓重，鹰钩鼻子，短短的络腮胡子，围着一个长而尖的下巴，白衬衫，打着黑领结，外罩一件也是花格呢的风衣，脚上穿着一双大皮靴。旁边一个老年妇女，可能是房东太太。华生医生坐在一旁看书。我走上前去准备和他握手，顺便问一声'您好'，可是，却不见他有任何反应，原来是一尊蜡像。"

"真扫兴。"冬冬喃喃地说。

其实，柯南道尔创造这个典型，并不是凭空想象的。他虽然从医，却对文学怀有浓厚的兴趣，并注重研究侦探技术，阅读过号称"侦探小说之父"的爱伦·坡·柯林斯的许多作品。在爱丁堡大学攻读医学过程中，他按照外科医生约瑟夫·贝尔的要求，对病人进行精确的观察和逻辑推理，做出准确的判断，从中受到很大启发，在脑海里形成一系列有趣的故事。于是，他就以贝尔教授为原型创造出神探福尔摩斯的形象，一部部作品陆续问世，获得了巨大成功。后来，他想停止这类题材的创作，便在《最后一案》中安排福尔摩斯在与宿敌莫里亚蒂搏斗中坠下悬崖。可是，广大读者却拒绝接受这个令人伤痛的结局，强烈要求作家想办法恢复神探的活动。这样，他只好让福尔摩斯攀上悬岩，化险为夷。可以看出这一典型人物在读者心目中的强大魅力，也说明典型人物一经创造出来，便成为社会的财富，生杀予夺之权已不能独操于作者之手了。

听说，地处瑞士迈林根的福尔摩斯遇险地，如今已经成为著名的旅游景点，当地村民在峡谷边挂了一块标志性的铜牌，游人可以乘缆车前往参观，亲身体验一番当时生死搏斗的险境。小镇上的贝克街221号，也有一座福尔摩斯故居，每逢周末还按照探案中的情节举行通宵的"恐怖之夜"活动。各个餐馆、酒店也都弥散着追怀这位神探的浓厚气息，像福尔摩斯冰淇淋、华生沙拉之类的食品随处可见。

说到这些虚拟实境和衍生产物，人们会联想起我国的桃花源、大观园之类的景物。它们本来都是出自作家的想象，并无实地可供考察、实物堪资钩稽的，但按迹寻踪、踵事增华者历代绵延不绝，以致至今各地还在为夺取它们的领有权而纷争不已，它雄辩地证明了文学的创造力多么强大，艺术的魅力何等惊人。

"王伯伯，我想了一个这样的问题，"原本活泼好动的小冬冬忽然变得凝静起来，歪着脑袋瓜像个哲学家似的，"我觉得，重要的不在于是真人还是虚构的，而在于是不是活在人们的心里。活在人们心里的，就是活人，就是真实的存在，就应该在茫茫宇宙之间拥有一席之地。说不定他们聚合在什么地方，但同样会构成一个奇妙的世界，那里住着孙悟空、林黛玉、丹麦王子、白雪公主，还有拇指姑娘和简·爱，当然还有福尔摩斯。您说是吗？"

"应该是这样。"我说。

临出门时，我问冬冬："那几封信你还往外邮吗？"

冬冬说，我再考虑考虑。

（2002年）

眼　神

　　我原本不擅长摄影，可是，那天在亚马孙河上却出了彩——拍得一个令人心灵震撼、永生难忘的特写镜头。

　　豪华的游船从巴西城市玛瑙斯出发，沿着宽阔的河道，劈波犁浪，哗哗地驶向被称为"大地之肺"的热带雨林区。开阔的河面像天空一样邈远，邈远得简直让你忽视了它的存在。经过近两小时的航行，游船驶入亚马孙河的一条支流。说是支流，其实也宽得很。这时河水正在上涨，大片大片的森林都浸泡在河边的沼泽地里，前面隐现着两只柳叶似的飘摇、动荡的小渔船。

　　又走了一段，游船在"魔鬼沼泽地"停泊了。靠近岸边的水面上，零星地搭设着几个极为简陋的小窝棚——由木架托起的不能遮蔽风雨的茅草帐篷，这是以捕鱼为生的原住民的"浮家泛宅"。他们生活所需极少，仅足维持其生命的延续。在终年炎热的气候下，渔民身上除了一块窄布遮羞，再没有任何装饰；脸上普遍映现出一种冷漠、木然、呆滞的神情，看不到丝毫的活气。

　　这里有一个典型的镜头：一只不足一米宽的小舢板向游船靠拢过来，驶船的是一个大约六七岁的小男孩儿，几乎全裸的身躯皮包着骨头，瘦弱不堪，臂弯处蹲着一只猕猴，和小男孩一样的瘦削，一样的黝黑，它是专供游人照相取景的。游人纷纷拍摄，然后递过去一两枚硬币。而我所关注的却是小男孩的眼神。

　　人们常说，眼神是心灵之窗，心灵是眼神之源。在人的五官中，眼睛是最为敏锐的，任你心灵中的情感和欲望隐蔽得多么深，它都会通过眼神映现出来。言语、动作、行为都可以造假，都能够掩饰，唯独眼神无法伪装。

　　我发现，这个小男孩的眼神十分独特，它是我从来没有见过的，这里面不是哀伤、愤慨，也不是凄苦、悲凉，更看不到欣喜与慰藉、乞求与期望，而是毫无感觉，极端冷漠，麻木、呆滞中透出一种无奈，一种绝望。这真是可悲、可叹而又可怕的。这样一个刚刚闯入人间世的幼童，原本应该活泼、顽皮，恣意玩耍笑闹，尽情欢蹦跳跃，充满着好奇心、新鲜感，可是，却过早地踏上了他的祖辈父辈的旧辙，失去了发芽、开花的活力，没有发酵、蒸腾的欲望，欠缺喷射、爆裂的热能，只剩下了淡漠与麻木。

　　我的心揪揪着，实在不忍心再看他一眼，然而，还是按下了相机的快门。于是，一个撼人心弦的特写镜头，便永远地被记录下来。

　　而后，便陷入了沉沉的思索——

　　是什么东西摧残了他那幼稚的心灵？

是哪些因素致令他的脆嫩的心长出了厚厚的硬茧?

它使我联想到雨果在《悲惨世界》中所写到的可怜的芳汀姑娘:"她在变成污泥的同时,变成了木石","她已经感受了一切,容忍了一切,放弃了一切,失去了一切,痛哭过一切。她忍让,她那种忍让之类似冷漠,正如死亡之类似睡眠。"

……

导游员正在讲"魔鬼沼泽地"的来历。他说,这里原来都是热带雨林,印第安原住民世世代代在这里生息繁衍。葡萄牙殖民者霸占了这块地方,强制他们砍伐和运送这里的贵重木材,结果遭到当地民众的反抗,殖民者便大肆进行灭绝种族的屠杀。

为了施行报复,原住民把木棍插进死者的身躯,加进去箭毒木的汁液,让它充分腐烂化毒,然后刺向入侵者,使其招致惨重的伤亡。于是,殖民者就对印第安人施行整个村落的血洗,只要见到人影就开枪射击,结果河面上漂满了尸身,鲜血染红了滔滔的流水。从此,"魔鬼沼泽地"的名字就传出去了。

印第安原住民是非常善良的。1492年,当哥伦布第一次踏上这个新大陆时,曾这样描述过:

> 印第安人游向我们坐着的小艇,并且给我们带来了一些鹦鹉、棉纱、标枪和许多其他物品……他们很乐意地赠送所有的物品给客人。他们全都赤裸

裸行走，光着身体……没有携带，也不懂得武器。
当我们把剑拿给他们看时，他们抓住了利刃，因无
知割伤了手指，他们没有任何铁器。……你向他们
要东西，只要他们有，就从不会拒绝；不仅如此，
他们还自动邀请任何人来分享，表现出他们的确是
衷心爱你的。

　　韦里尔在所著《美洲印第安人》一书中也说："哥伦布踏
上巴哈马时，和平的土人用礼物和殷勤的款待来欢迎这些西
班牙人，把他们当成神灵或者超人。"

　　可是，那些殖民者又是怎样对待印第安人呢？西班牙国
王费迪南在 1509 年的《圣谕》中，以威胁的口吻说：如果不
归顺的话，"我们便向你们开战，用我们所能用的一切方式方
法，使你们服从教会和王公们的约束；我们将抓住你们，你
们的妻子、儿女，并将使他们成为奴隶"。他们这样说也是这
样做的，一手挥舞着刀剑，一手拿着十字架，最后终于把拉
丁美洲征服了，随之而来的是历史上空前的种族大屠杀，至
少有一千万原住民丧生。他们掠走的是无尽的财富；而留下
来的，是落后、疾疫与贫穷。

　　下面再看看印第安人在美国殖民统治者治下的悲惨命运。
大家都知道，美国有个一年一度的极为隆重的民间节日——
感恩节。据《简明大不列颠百科全书》介绍：这是一个庆祝
收成、带有吉庆性质的全国性节日，始于 1621 年。当时的普
利茅斯港口——第一批美洲移民白人在此间登岸，正值严冬，

饥寒交迫，意外地获得了原住民印第安人的无私援助。为此，到了丰收季节，总督 W·布雷德福邀请邻近的印第安人举行了三天的狂欢活动，以示感恩。19 世纪末，感恩节活动已经风行新英格兰各地；1863 年，林肯总统正式宣布感恩节为国定假日。可是，到了后来，感恩却化作了迫害，对印第安人不仅进行血腥屠杀、疯狂驱赶，而且，通过屏幕影像和纸质媒体编造事由，诬说印第安人野蛮凶残，缺乏正常人情感，为镇压无辜者张本。

如果说，对于现存的一代代印第安人的孑遗来说，那些关于种族屠杀的斑斑血迹，已化作辽远的尘烟，至多不过是淡淡的伤痕；那么，新的种族压迫、经济掠夺所造成的贫富悬殊的生存困境，则彰彰在目，刻骨铭心。反抗未见成效，忍受又不甘心，剩下来的就唯有宿命与无奈，唯有冷漠与麻木了。

我经历过天崩地坼般的海城、营口大地震，也感受过亲人生离死别那惨烈的情感冲击，但是，当我看到这种儿童的麻木的眼神，还是由衷的震撼了。一整天，不论是在滚滚滔滔的河上，还是在摩肩接踵的闹市中，总觉得有一种眼神在追随着我，或者说，我的脑海里总是浮现出一种眼神，时时刻刻都能感觉到它的存在。

（2004年）

辑五

封建王朝一切建立奇功伟业者，都免不了要遭遇忠而见疑、功成身殉的危机，曾国藩自然也不例外，而且，由于他的汉员大臣身份，在种族界隔至为分明的清朝主子面前，这种危机更像一柄"达摩克利斯之剑"时时悬在头上。

用破一生心

伴随着"皇帝热"、"辫子热"的蒸腾，曾国藩也被"炒"得不亦乐乎。其缘由未必都是市场的驱动，很可能还出自一种膜拜心理：拜罢英明的"圣主"，再来追慕一番"中兴第一名臣"，也是满合乎逻辑的。只是我总觉得，这位曾公似乎并不像某些人说得那样可亲、可敬，倒是十足的可怜。他的生命乐章太不浏亮，在那显赫的身影后面，除了一具猥琐、畏缩的躯壳之外，看不到多少生命的活力、灵魂的光彩。人们不禁要问：活得那么苦、那么累，值得吗？

关于苦，佛禅讲得最多，有所谓"人生八苦"的说法：生、老、病、死，生与俱来，可说是任人皆有的，只是程度不同而已；而求不得、厌憎聚、爱别离、五蕴盛，则是由欲而生，就因人各异了。古人说，人之有苦，为其有欲，如其无欲，苦从何来？曾国藩的苦，主要是来自过多、过强、过盛、过高的欲望，结果就心为形役，苦不堪言，最后不免活活地累死。

说到欲望，曾国藩原也无异于常人。经书上说："饮食男女，人之大欲存焉。"他出生在农村，少年时代也是生性活泼，情感丰富的。十多岁出外就读，浪漫不羁，倜傥风流。相传他曾狎妓，妓名春燕，于春末三月三十日病殁，他遂集句书联以悼之："未免有情，忆酒绿灯红，此日竟随春去了；似曾相识，怅梁空泥落，几时重见燕归来？"一时传为佳构。至于桎梏性灵，压抑情感，则是系统地接受了儒家思想，特别是程朱理学之后。其间自有一段改造、清洗的过程。

他原名子城，字伯涵，二十一岁肄业于湘乡书院，改号涤生，六年后中进士，更名国藩。"涤生"，取涤除旧污，以期进德修业之意；"国藩"，为国屏藩，显然是以"国之干城"相期许。合在一起，完整地勾画出儒家"修、齐、治、平"的成材之路，也恰切地表明了他的立德、立功、立言"三不朽"的终极追求。目标既定，剩下来的就是如何践履、如何操作的问题了。他在这条漫漫人生之路上，做出了明确的战略选择：一方面要超越平凡，通过登龙入仕，建立赫赫事功，达到出人头地；一方面要超越"此在"，通过内省功夫，跻身圣贤之域，"不忝于父母之所生，不愧为天地之完人"，达到名垂万世。

这种人生鹄的，无疑是至高、至上的。许多人拼搏终生，青灯皓发，碧血黄沙，直至赔上了那把老骨头，也终归不能望其项背。某些硕儒名流，德足为百世师，言可为天下法，却缺乏煌煌之业、赫赫之功；而一些建不世功、封万里侯的勋臣宿将，其道德文章又未足以副之，最后，都只能在徒唤奈何中咽下那死不甘心的一口气。求之于历代名臣，曾国藩可说是一个少见的例外。他居京十载，中进士，授翰林，拔擢内阁学士，遍兼礼部、兵部、刑部、工部、吏部侍郎，外放之后，办湘军，创洋务，兼署数省总督，权倾朝野，位列三公，成为清朝立国以来汉族大臣中功勋最大、权势最重、地位最高之人，应该说是超越了平凡；作为封建时代最后一位理学家，在思想、学术上造诣精深，当世及后人称之为"道德文章冠冕一代"，甚至被目为"今古完人"，也算得上是超越了"此在"吧？

可是，人们是否晓得，为了实现这"两个超越"，他竟耗费了多少心血，历经何等艰辛啊？只要翻开那部《曾文正公全集》浏览一遍，你就不难得出结论，他是一个地地道道、不折不扣的悲剧人物，是一个终生置身炼狱，心灵备受熬煎，历经无边苦痛的可怜虫。

"功名两个字，用破一生心。"他自从背负上从儒家那里承袭下来的立功扬名的沉重包袱之后，便坠入了一张密密实实、巨细无遗的罗网，任凭你有孙悟空那样的冲天本领，也难以挣破网眼，逃逸出去；何况，他自己还要主动地参与结网，刻意去做那"缀网劳蛛"呢！随着读书渐多，理路渐明，那一套"立德、立功、立言"的终极追求，便像定海神针一般把他牢牢地锁定在无形的炼狱里。

歌德老人说，性格决定命运。那么，性格又是由什么决定的呢？这恐怕不是一个"遗传基因"所能了得，主要的还应从环境和教养方面查找原因。雄厚而沉重的历史文化积淀，已经为他做好了精巧的设计，给出了一切人生的答案，不可能再作别样的选择。他在读解历史、认知时代的过程中，一天天地被塑造、被结构了，最终成为历史和时代的制成品。于是，他本人也就像历史和时代那样复杂，那样诡谲，那样充满了悖论。这样一来，他也就作为父、祖辈道德观念的"人质"，作为封建祭坛上的牺牲，彻底地告别了自由，付出了自我，失去了自身固有的活力，再也无法摆脱其悲剧性的人生命运。

二

这种无形的炼狱，是由他自己一手铸成的。其中的奥蕴无穷，但一经勘破，却也十分简单：要实现"两个超越"，就必须跨越一系列的障碍，面对种种难以克服的矛盾，这也就是他进退维谷，跋前疐后，终生抑塞难舒，身后还要饱遭世人訾议的根本原因。

封建王朝一切建立奇功伟业者，都免不了要遭遇忠而见疑、功成身殒的危机，曾国藩自然也不例外，而且，由于他的汉员大臣身份，在种族界隔至为分明的清朝主子面前，这种危机更像一柄"达摩克利斯之剑"时时悬在头上。这是一种无法摆脱的两难选择：如果你能够甘于寂寞，终老林泉，倒可以避开一切风险，像庄子说的，山木"以不材得终其天年"，这一点是他所不取的——圣人早就教诲了："君子疾没世而名不称焉"。而要立功名世，就会遭谗受忌，就要日夕思考如何保身、保位这个严峻的课题。明乎此，就不难理解曾国藩何以怀有那么强烈的危机感，几乎是惶惶不可终日。他对于古代盈虚、祸福的哲理，功高震主、树大招风的历史教训，实在是太熟悉、太留意了，因而时时处处都在防备着颠危之虞、杀身之祸。

他一生的主要功业在镇压太平军方面。但他率兵伊始，初出茅庐第一回，就在"靖港之役"中遭致灭顶的惨败，眼看着积年的心血、升腾的指望毁于一旦，一时百忧交集，痛不欲生，他两番纵身投江，都被左右救起。回到省城之后，又备受官绅、同僚奚落与攻击，愤懑之下，他声称要自杀以谢湘人，并写下了遗嘱，还让人购置了棺材。心中惨苦万状，却又"哑子吃黄连"，有苦不能说，只好"打掉门牙肚里吞"。正如他所自述的："余庚戌、辛亥间，为京师权贵所唾骂，癸丑、甲寅为长沙所唾骂，乙卯、丙辰为江西所唾骂，以及滨州之败、靖港之败、湖口之败，盖打脱牙之时多矣，无一次不和血吞之。"

那么，获取胜利之后又怎样呢？扑灭太平天国，兵克金陵，是曾氏梦寐以求的胜业，也是他一生成就的辉煌顶点，一时间，声望、权位如日中天，达于极盛。按说，这时候应该一释愁怀，快然于心了。可是，他反而"郁郁不自得，愁肠九回"，城破之日，竟然终夜无眠。原来，他在花团锦簇的后面看到了重重的陷阱、不测的深渊。同是一种苦痛，却有不同层次：过去为求胜而不得，自是困心恒虑，但那种焦苦之情常常消融于不断追求之中，里面总还透露着希望的曙光；而现在的苦痛，是在历经千难万险终于实现了胜利目标之后，却发现等待着自己的竟是一场灾祸，而并非预期的福祉，这实在是最可悲，也最令人伤心绝望的。

到现在，情况已经非常清楚了，尽管他竭忠尽智，立下了汗马功劳，但因其用兵过久，兵权太重，地盘忒大，朝廷从长远利益考虑，不能不视之为致命威胁。过去所以委之以重任，乃因东南半壁江山危如累卵，对付太平军非他莫属。而今，席卷江南、飙飞电举的太平军已经灰飞烟灭，代之而起的、随时都能问鼎京师的，是以湘军为核心的精强剽悍的汉族地主政治、军事力量。在历史老人的拨弄下，他和洪秀全翻了一个烧饼，湘军和太平军调换了位置，成为最高统治者的心腹大患。

其实，早在天京陷落之前，清廷即已从中央与地方、集权与分权的总体战略出发，采取多种防范措施，一面调兵遣将，把守关津，防止湘军异动；一面蓄意扶植淮军，从内部进行瓦解，限制其势力的膨胀。破城后，清廷立即密令亲信以查阅旗营为名，探察湘军动静。当日咸丰帝曾有"克复金陵者王"的遗命，可是，庆功之日，曾氏兄弟仅分别获封一等侯、伯。尤其使他心寒胆战的是，湘军入城伊始，即有许多官员弹劾其纪律废弛，虏获无数，残民以逞。清廷下诏，令其从速呈报历年军费开支账目。打了十几年烂仗，军饷一毫不拨，七拼八凑，勉强维持到今日。现在，征袍上血渍未干，却拉下脸子来查账，实无异于颁下了十二道金牌。闻讯后，曾国藩忧愤填膺，痛心如捣。"狡兔死走狗烹，飞鸟尽良弓藏，敌国破谋臣亡"的血腥史影，立刻在眼前浮现。此时心迹，他已披露在日记中："古之得虚名而值时艰者，往往不克保其终。思此不胜大惧。"

对于清廷的转眼无恩，总有一天会"卸磨杀驴"，湘军众将领早已料得一清二楚，彷徨、困惑中，不免萌生"拥立"之念。据说，曾氏至为倚重的中兴名将胡林翼，几年前就曾专函探试："东南半壁无主，我公其有意乎？"曾国藩看后惶恐骇汗，悄悄地撕个粉碎。湘军集团第二号人物左宗棠也曾撰写一联，故意向他请教："神所凭依，将在德矣；鼎之轻重，似可问焉。"曾阅后，将下联的"似"改为"未"，原封送还。曾的幕僚王闿运在一次闲谈中向他表明了"取彼虏而代之"的意思，他竟吓得不敢开腔，只是手蘸茶汁，在几案上有所点画。曾起立更衣，王偷着看了一眼，乃是一连串的"妄"字。

其实，曾国藩对他的主子也未必就那么死心塌地的愚忠，只是，审时度势，不敢贸然孤掷，以免断了那条得天地正气、做今古完人的圣路。于是，为了保全功名，免遭疑忌，继续取得清廷的信任，他毅然采取"断臂全身"的策略，在剿除太平军之后，主动奏请将自己一手创办并赖以起家的湘军五万名主力裁撤过半，并劝说其弟国荃奏请朝廷因病开缺，回籍调养，以避开因功遭忌的锋芒。他说："处大位大权而震享大名，自古能有几人能善其末路者？总须设法将权位二字推让少许，灭去几成，则晚节渐可以收场耳。"这两项举措，正都是清廷亟欲施行却又有些碍口的，见他主动提出，当即予以批准。还赏赐曾国荃六两人参，却无一言以相慰，使曾氏兄弟伤心至极。

三

曾国藩的人生追求，是"内圣外王"，既建非凡的功业，又做天地间之完人，从内外两界实现全面的超越。那么，他的痛苦也就同样来源于内外两界：一方面是朝廷上下的威胁，用他自己的话说："处兹乱世，凡高位、大名、重权三者皆在忧危之中"，因而"畏祸之心刻刻不忘"；一方面是内在的心理压力，时时处处，一言一行，为树立高大而完美的形象，同样是如临深渊、如履薄冰般的惕惧。

去世前两年，他曾自撰一副对联："战战兢兢，即生时不忘地狱；坦坦荡荡，虽逆境亦畅天怀。"上联揭示内心的衷曲，还算写实；下联则仅仅是一种愿望而已，哪里有什么"坦坦荡荡"，恰恰相反，倒是"凄凄、惨惨、戚戚"，庶几近之。他完全明白，居官愈久，其阙失势必暴露得愈充分，被天下世人耻笑的把柄势必越积越多；而且，人都是有七情六欲的，种种视、听、言、动，未必都合乎圣训，中规中矩。在这么多的"心中的魔鬼"面前，他还能活得真实而自在吗？

他对自己的一切翰墨都看得很重，不要说函札之类本来就是写给他人看的，即使每天的日记，他也绝不马虎。他知道，日记既为内心的独白，就有揭示灵魂、敞开自我的作用，生前殁后，必然为亲友、僚属所知闻，甚至会广泛流布于世间，因此，下笔至为审慎，举凡对朝廷的看法，对他人的评骘，绝少涉及，为的是不致遭惹麻烦，甚至有辱清名。相反地，里面倒是记载了个人的一些过苛过细的自责。比如，当他与人谈话时，自己表示了太多的意见；或者看人下棋，从旁指点了几招，他都要痛自悔责，在日记上骂自己"好表现，简直不是人"。甚至在私房里与太太开开玩笑，过后也要自讼"房闱不敬"，觉得于自己的身份不合，有失体统。

他在日记里写道："近来焦虑过多，无一日游于坦荡之天，总由于名心太切，俗见太重二端。""今欲去此二病，须在一'淡'字上着意。""凡人我之际，须看得平；功名之际，须看得淡。"脉把得很准，治疗也是对症的，应该承认，他的头脑非常清醒。只是，坐而言不能起而行，无异于放了一阵空枪，最后，依旧是找不到自我。他最欣赏苏东坡的一首诗："治生不求富，读书不求官。譬如饮不醉，陶然有余欢。"可是，也就是止于欣赏而已。假如真的照着苏东坡说的做，真的能在一个"淡"字上着意，那也就没有后来的曾国藩了，自然，也就再无苦恼之可言了。由于他整天忧惧不已，遂导致长期失眠。一位友人深知他的病根所在，为他开了一个药方，他打开一看，竟是十二个字："歧黄可医身病，黄老可医心病。"他一笑置之。他何尝不懂得黄老之学可疗心疾，可是，在那"三不朽"的人生目标的驱策下，他又要建不世之功，又要做万世师表，怎么可能淡泊无为呢？

世间的苦是多种多样的。曾国藩的苦，有别于古代诗人为了"一语惊人"，冥心孤诣、刳肚搜肠之苦。比如唐朝的李贺，他的母亲就曾说："是儿要呕出心乃已耳！"但这种苦吟中，常常含蕴着无穷的乐趣；曾国藩的苦，和那些终日持斋受戒、面壁枯坐的"苦行僧"也不同。"苦行僧"的宗教虔诚发自一种真正的信仰，由于确信来生幸福的光芒照临着前路，因而苦亦不觉其苦，反而甘之如饴。而"中堂大人"则不然，他的灵魂是破碎的，心理是矛盾的，他的忍辱包羞、屈心抑志，俯首甘为荒淫君主、阴险太后的忠顺奴才，并非源于什么衷心的信仰，也不是寄希望于来生，而是为了实现人生中的一种欲望。这是一种人性的扭曲，绝无丝毫乐趣可言。从一定意义来说，他的这种痛深创钜的苦难经验，倒与旧时的贞妇守节有些相似。贞妇为了挣得一座旌表节烈的牌坊，甘心忍受人间最沉重的痛苦；而曾国藩同样也是为着那块意念中的"功德碑"而万苦不辞。

他节欲，戒烟，制怒，限制饮食，起居有常，保真养气，日食青菜若干、行数千步，夜晚不出房门，防止精神耗损，可说是最为重视养生的。但是，他却疾病缠身，体质日见衰弱，终致心力交瘁，中风不语，勉强活了六十二岁。死，对于他来说，其实倒是一种彻底的解脱。什么"超越"，什么"不朽"，统统地由他去吧！当然，那种无边的痛苦，并没有随着他的溘然长逝而扫地以尽，而是通过那些家训呀，书札呀，文集呀，言行录呀，转到了亲属、后人身上，这是一种名副其实的痛苦的传承、媒体的链接。

前几年看到一本"语录体"文字，它从曾国藩的诗文、家书、函札、日记中摘录出有关治生、用世、立身、修业等内容的大量论述，名之曰《人生苦语》。一个"苦"字将曾公的全部行藏、心迹活灵活现地概括出来，堪称点睛之笔。

四

曾国藩以匡时济世为人生的旨归，以修身进德为立身之本，采取积极进取的人生态度，这无疑是承传了孔孟之道的衣钵，但他同时，也有意识地吸收了老庄哲学的营养。他是由儒、道两种不同的传统生命智慧煅冶而成，因而能够站在更高的层次上，可以说，他是中国历史上兼收孔老、杂糅儒道最为纯熟、最见功力的一个。

由于他机敏过人，巧于应付，一生仕途基本上顺遂，加之，立功求名之心极为热切，简直就是一个有进无退的"过河卒子"，因而未曾真正地退藏过。但是，出于明哲保身的机智和韬光养晦的策略上的需要，他也还是把"盛时常作衰时想，上场当念下场时"奉为终身的座右铭，把黄老之学看作是一个精神的遁逃薮，一种适生价值与自卫方式，准备随时蜷缩到这个乌龟壳里，一面咀嚼着那些"高下相生，死生相因"的哲理，以求得心灵上的抚慰；一面从"尺蠖之屈，以求伸也"的权谋中，把握其再生的策略。

同是道家，在他的眼里，老子与庄周的分量并不一样。别看他选定的奉为效法榜样的三十二位中国古代圣哲中，只有庄周而无老子，其实，这是一种"兴发于此而义归于彼"

的障眼法。庄周力主发现自我，强调独立的人格，不仅无求于世，而且，还要遗身于世虑江山之外，不为世人所求。这一套浮云富贵，粪土王侯，旷达恣肆，彻悟人生的生命方式，对曾国藩来说，无异于南辕北辙；倒是作为权谋家、策略家、彻底的功利主义者的老子，更切近他的需要，符合他的胃口。儒家是很推崇知进退、识时务，见机而作的，孟子就说过嘛："孔子，圣之时者也。"

　　他平生笃信《淮南子》关于"功可强成，名可强立"的说法。"强"也者，勉强磨炼之谓也，就是在猎取功名上，要下一番"知其不可而为之"的强勉功夫。但他又有别于那种蛮干、硬拼的武勇之徒。他的胞弟曾国荃刚愎自用，好勇斗狠，有时不免意气用事，曾国藩怕他因倨傲招来祸患，总是费尽唇舌，劝诫他要"慎修以远罪"。听说其弟要弹劾一位大臣，当即力加劝止，他说，这种官司即使侥幸获胜，众人也会对你虎视眈眈，侧目相看，遭贬的本人也许无力报复，但其他人一定会蜂拥而起，寻隙启衅。须知，楼高易倒，树高易折，我们兄弟时时处身险境，不能不考虑后果。他告诫其弟：从此以后，只从波平浪静处安身，莫向掀天揭地处着想。这并不是萎靡不振，而是因为位高名重，不如此，那就处处都是危途。

　　清代道咸以降，世风柔靡、泄沓，盛行一种政治相对主义和圆融、浑沌的处世方式。最典型的是道光朝的宰相曹振镛，晚年恩遇日隆，身名俱泰。门人向他请教，答曰："无他，但多磕头少说话耳。"有人赋《一剪梅》词，其中有"莫谈时事逞英雄，一味圆融，一味谦恭"；"万般人事要朦胧，驳也无庸，议也无庸"之句。曾国藩由于深受儒学濡染，志在立功扬名，垂范万世，肩负着深重的责任感，尽管老于世故，明于趋避，但同这类"琉璃蛋"、"官混子"却是判然有别的。我们也许不以他的功业为然，也许鄙薄他的为人处世，但是，对于他的困知敏学、勤谨敬业、勇于用事的精神，还应该予以承认。

曾国藩是一个极为复杂的生命个体，是一部内容丰富的"大书"。在解读过程中，我们会发现，他的清醒、成熟、机敏之处实在令人心折，确是通体布满了灵窍，积淀着丰厚的传统文化精神，到处闪现着智者的辉芒。当然，这是从文化学、社会学、心理学的角度来研究；如果就人性批评意义上说，却又觉得多无足取。在他的身上，智谋呀，经验呀，知识呀，修养呀，可说应有尽有；唯一缺乏的是本色，天真。其实，一个人只要丧失了本我，也便失去了生命的出发点，迷失了存在的本源，充其量，只是一个头脑发达而灵魂猥琐，智性充盈而人性泯灭的有知觉的机器人。

五

对于阅世极深的曾国藩来说，我想，他不会看不出封建官僚政治下的人生不过是一场闹剧，而扮演角色的无非是一具具被人牵线的玩偶，原是无须那么较真的。他自己就曾说过，大凡人中君子，率常终身黯然退藏。难道是他们有什么特异的天性？不过是因为真正看到了大的方面，而悟解一般人所追逐的是不值得计较的。秦汉以来至于今日，达官贵人何可胜数？当其高踞权要之时，自以为才智高人万万，简直是不可一世；可是，等到他们死去以后再看，跟那些"营营而生，草草而死"的厮役贱卒，原没有什么区别。那么，今天的那些处高位而猎取浮名者，竟然泰然自若地以高明自居，不晓得自己和那些贱夫杂役一样都要同归于泯没，到头来并没有什么差异——难道这还不值得悲哀吗？

　　我们发现，在曾国藩身上，存在一种异常现象，即所谓"分裂性格"。比如，上面那番话说得是多么动听啊，可是，做起来却恰恰相反，言论和行动形成了巨大的反差。加之，他以不同凡俗的"超人"自命，事事求全责备，处处追求圆满，般般都要"毫发无遗憾"，其结果，自是加倍地苦累，而且必然产生矫情与伪饰，以致不时露出破绽，被人识破其伪君子、假道学的真面目。明人有言："名心盛者必作伪。"对此，清廷已早有察觉，曾降谕于他，直白地加以指斥：总因"过于好名所致，甚至饰辞巧辩。好名之过尚小，违旨之罪甚大"。至于他身旁的人，那就更是洞若观火了。幕僚王闿运在《湘军志》一书中，对曾氏多有微辞，主要是觉得他做人太坚忍、太矫情了；而与曾氏有"道义之交"的今文经学家邵懿辰则毫不客气，竟当面责之以虚伪，说他"对人能作几副面孔"；左宗棠更是专标一个"伪"字来戳穿他的画皮，逢人便说："曾国藩一切都是虚伪的。"

　　作为一位正统的理学家，曾国藩的"高明"之处在于，他在接受程朱理学巧伪、矫饰的同时，却能不为其迂腐与空疏所拘缚，表现出足够的成熟与圆融。也许正是因为这样，我总觉得，在他身上，透过礼教的层层甲胄，散发着一种浓重的表演意识。人们往往难以分辨他究竟是在正常地生活还是逢场作戏，究竟是出自真心去做还是虚应故事；而他自己，时日既久，也就自我认同于这种人格面具的遮蔽，以致忘记了人生毕竟不是舞台，卸妆之后还须进入真实的生活。

他尝以轻世离俗自许，实际上根本不是那回事。因为如果真的轻世离俗，就说明已经彻悟人生，必然生发出一种对人世的大悲悯，就会表现得最仁慈、最宽容，自己也会最轻松、最自在。而他何尝有一日的轻松自在，有一毫的宽容、悲悯呢？他那坚忍、强勉的秉性，期在必成、老而弥笃的强烈欲求，已经冻结了、硬化了全部的爱心，剩下来的只有漠然无动于衷的冷酷与残忍，而且，还要挂出神圣的幌子。他办团练时，以利国安民为号召，主张"捕人要多，杀人要快"，"不必拘守常例"。因此，每逢团绅捉来"人犯"，总是不问情由，立即处死。一次，曾国藩路过一村，遇卖桃人与买者争吵，卖者说没有付款，买者说已经付了。经过拘讯，证明是卖者撒谎，他当即下令将其斩杀。一时街市大哗，民众惊呼："钦差杀人了！"因而得名"曾屠户"。事见《梵天庐丛录》。

他曾亲自为湘军撰写了一首《爱民歌》，让官兵们传唱："三军个个仔细听，行军先要爱百姓。贼匪害了百姓们，全靠官兵来救人。……官兵不抢贼匪抢，官兵不淫贼匪淫。若是官兵也淫抢，便同贼匪一条心。"实际执行情况又怎样呢？曾氏幕僚赵烈文记下了攻破天京后的亲眼所见："城破之日，全军掠夺，无一人顾大局"；"又见中军各勇留营者皆去搜刮，甚至各棚厮役皆去，担负相属于道"。湘军逢男人便杀，见妇女便掳，"其老弱本地人民不能挑担，又无窖可挖者，尽遭杀死，沿街死尸十之九皆老者，其幼孩未满二三岁者亦砍戳以为戏"，"哀号之声，达于四远"，"尸骸塞路，臭不可闻"。湘军将领彭玉麟写过一首《攻克九江屠城》的七律，后四句云："九派涛红翻战血，一天雨黑洗征裘。直教殄灭无遗种，尸拥长江水不流。"对照这般般记述，再回过头来读一遍那堂而皇之的《爱民歌》，岂不恰成尖锐的讽刺！

省社会科学院的一位朋友来聊天，看了我写的这份初稿。他说，选取人性阅读这个角度颇有新意。临走前，还告诉我，从他外祖父手中传下来一幅曾国藩的照片，看一看也许有助于了解其人，因为相貌总是精神的一种外现，即使不是全部，起码也能部分地反映出一个人的内在性格。我赶忙跟他到家，拿过照片来细细地端详一番：宽敞的前额上横着几道很深很深的皱纹；脸庞是瘦长的，尖下颏，高颧骨；粗粗的扫帚眉下，长着长挑挑的三角眼，双眸里闪射出两道阴冷、凌厉的毫光；浓密的胡须间隐现着一张轻易不会嘻开的薄唇阔口。留给人的印象很深，有一种心事重重、渊深莫测的感觉。

是的，我心目中的曾国藩，就是这样。

（2002年）

香　妃

一

　　我总觉得，她像一株冷艳的寒梅。

　　这也许是由于古人习惯以梅花来比拟心志高洁的佳人吧？再不就是受了唐人王建的诗句"天山路旁一株梅，年年花发黄云下"的感染……实在说不清楚。反正一想起她来，我的脑海里就浮现出"暗香浮动"、"疏影横斜"的意象，渐渐地，这种意象竟活灵活现，袅袅婷婷地走过来了，"想佩环月夜归来，化作此花幽独"（姜白石词）。

　　这已经是第三次访问北京的陶然亭了。没有风，空际云幕低沉，是一种酿雪的天气。果然，走着走着，丝丝片片的雪花，就漫空飘舞起来。水木明瑟的平湖、高阜，还有那弯弯的柳径，淡雅的兰畦，脱尽了昔日的青青翠影，冷森森、白光光地默对着游人。平时，这里就不怎么嚣烦，此刻更是清空寥寂了。拾级步上高高的台地，在山门内檐瞧了瞧已经有三百余年历史的金字匾额"陶然"二字，又匆匆浏览了两边的对联，记得还有一副"十朝名士闲中老，一角西山恨有情"的联语，来不及寻看了，赶忙朝那北向的门窗纵目望去，立刻，前方雪影中闪现出几幅"素以为绚"的清妙的册页。

令我万分惊异的是，那满布着衰草寒枝的土坡上，分明挺立着一枝傲雪的寒梅。我知道，这肯定是一种错觉——在幽燕大地上，怎么可能见到那"惨淡江南白玉妃"的踪影呢？揉了揉眼睛，再定下神来，细看上去，原来竟是没有飘落的枝间红叶，闪烁在雪虐风饕里。我知道，这次所要寻访的"香冢"，就在它的下面。于是，我匆匆地走下亭台，沿着铺雪的石径，很快就来到银妆素裹的土阜旁边，一盔三尺孤坟累然展现在眼前。

二

关于香冢，一如墓主的身世、遭际，有各种各样的说法，扑朔迷离，令人如堕五里雾中。我是相信这样的传说的：此间就是香妃的埋骨之地。披着满身的雪花，我静静地伫立在石碣前，一个字一个字地咀嚼着那没有留下作者姓名的哀感顽艳的铭文，并且依照流布已久的传闻轶话，凭着我的理解加以诠释、印证。

　　浩浩愁，茫茫劫；短歌终，明月缺。郁郁佳城，中有碧血。碧亦有时尽，血亦有时灭。一缕香魂无断绝。是耶？非耶？化为蝴蝶。

　　起首的四个短句、十二个字，形象地概括了香妃这位充满悲剧性、传奇性的女性凄苦、劫难的一生，堪称是以简驭繁、片言撷要的范例。古人驱遣文字的功夫着实了得。你看，唐代诗人杜牧在《阿房宫赋》的开头，也是用了同样的字数和短句，就把秦始皇并吞六国之后，大兴土木，修建阿房的过程，交代得一清二楚。

　　传说，香妃是一位出生在西域的貌美超群的人间绝色，回眸一笑，唇红齿白，能令人心醉神迷；而且，心地善良，性情温柔，天真活泼。由于她生来便体有异香，因而名为"伊帕尔罕"（维吾尔语：香姑娘）。她的童年时代，在亲人的爱抚下，整天过着无忧无虑的甜美的生活。可是，绮梦不长，这样一位貌似天仙、天真可爱的美人儿，长大了之后，偏偏赶上浓愁浩浩、劫难茫茫的动乱年代，命运把她抛在一个动乱的地区、动乱的家族里，最后酿成一场"短歌终，明月缺"的悲惨结局。

　　她的丈夫霍集占是天山以南的维吾尔族地区当时称为"回部"的和卓木（教长或首领），当时参加了一场西部边疆的叛乱活动，把清朝派去的副都统、回部招抚使杀害了。乾隆皇帝派将军兆惠率兵讨伐。霍集占兵败逃亡，带着妻子、仆从三四百人遁入巴达克山，他本人被山民擒杀，香妃被清军劫获到大营里。

　　对于香妃的美艳绝伦，乾隆皇帝早有知闻，兆惠临行前，即有意暗示，在讨伐过程中，必须设法保护好香妃，并把她安全地带回京师。听到她已经被俘获的消息，皇帝又敕令沿途官吏悉心护视香妃的起居，万不可损蚀了她的玉颜姿色。进京"献俘"之日，乾隆皇帝一见倾心，惊为天人，立即下令，在宫内妥为安置。而后，又几次去看她，觉得她神光高洁，有一种凛然不可犯的气概，因此，没敢伸出指尖去触她一触，只嗅得缕缕异香扑进鼻管来。心说，好一个绝代天仙，好一个香草美人！今得相见，也算是百世奇缘，三生厚福。当即赏赐了大量的珠宝衣饰，并嘱咐宫女、太监：只要香妃提出要求，一切都予以满足。

为了讨得美人的欢心，乾隆爷不惜破费巨量资财，在今天的新华门那里，专门给她修建了一座伊斯兰式的豪华住宅，名曰宝月楼，里面一切设施，包括浴池、壁砖、衣镜、装饰画等等，以及生活起居、日常习惯，都和在西域的情形没有什么两样。还在宝月楼的对面，特意修建了一座清真寺；在皇城墙外，盖起"回部"市廛楼台，设置了"回回营"，辟出一条"回回街"设肆售货，演奏体现"回部"风情的乐曲，使香妃有身在家园的感觉。但是，乾隆皇帝到底失算了，这种浓郁的环境氛围，不仅没能慰藉香妃的思乡之情，反而更加撩拨起心灵深处的背井离乡的痛楚。

三

自从入宫以来，香妃一直是冷若冰霜，对于皇上的种种垂顾，全然不加理睬。就是万岁爷的圣驾到了，她该着做什么还是做什么，旁若无人一般，一任皇帝在那里怔怔地望着，她只是噘着嘴巴，垂着眼角，木然没有半点反应。皇帝叹了一口气，自言自语地说，朕和香妃，怎么就这般无缘！难道真是天仙下凡，可望而不可即吗？

　　皇帝走后，宫女们赶忙过来相劝，说，后宫佳丽三千，哪个不翘首望幸！别说皇帝主动登门，就是有机会被瞧上一眼，也觉得无比荣幸。人活一世，草木一秋，女人一辈子图希着什么？还不是夫荣子贵，终身有个倚托！你若是肯于顺从皇上，说不定一年过后就生下一个王子，马上就会成为正式的皇帝后妃，风光一世，万古留名。你怎么就这么任性、这么倔强，这么想不开事呢？

　　限于所受到的封建道统的浸染，宫女们的思维脉络，大概也只能这么想、这么说、这么劝解，应该说也没有什么恶意；可是，在香妃听来，却比挨一顿臭骂还难受得多，觉得极不顺耳，极度反感，便冷冷地还了一句：各人有各人的追求，各人有各人的活法，我更看重的是个性的独立，人身的自由。话说到这个份儿上，她觉得胸间郁闷难舒，于是，便又"突突突"地冒出了一团烈火般的话语：人终究是人，两条腿是用来站立的，不能像牛马那样四脚着地爬行，不能听从人家任意摆布！我才不想窝窝囊囊、委委屈屈地享受什么"荣华富贵"呢！

　　香妃生长在所谓"化外之邦"，处在一个与内地截然不同的生活环境里，那里没有受到那么多的封建礼教的污染，男女之间地位是平等的，关系是开放的。在她看来，爱情发自内在的情感，是最纯洁、最真诚的，掺不得假，勉强不得。她无论如何不能理解，三宫六院那么多如花似玉的女子，怎么全都泯灭了自己的意志，眼巴巴地盯着一个皇帝，得不到满足还哭哭啼啼。她不懂得这是怎么回事儿。

是呀，男人女人，皇帝宫女，不都是人吗？为什么女人就不能有自己的意愿，自己的爱的选择和追求？霍集占犯了事，由他自己去承担，那叫自作自受，犯不上要把妻子搭上。香妃是清白无辜的，香妃的人身是自由的，人格是独立的，她有权利选定自己的出路，安排自己的情感取向。"三军可夺帅，匹夫不可夺志也。"为什么要像对待牲口似的，不吃草硬按脑袋？为什么硬要逼着去顺从皇帝？——皇帝又怎么样？

四

香妃的话语不多，却使宫女们听起来如雷震耳。个性？独立？自由？女人，特别是打入深宫的女人，同这些是根本不沾边的。虽然她们不能理解，也并不认同，但是，从此之后，对香妃却添了几分敬重，不能不另眼相看。几天过去，她们又来解劝香妃：皇帝可不是好惹的，"金口玉牙，说啥是啥"，万一龙威震怒，可就活不成了；就算是舍不得杀了你，哪一天，高兴了，忍耐不住了，硬把你弄过去，动了真格的，小胳膊还能拧过大腿吗？香妃听了，冷笑一声，说，人活百岁，终有一死，我早就做了这一手准备，一旦把我逼急了，我就……说着，"嗖"的一声，从衣服下摆里抽出一把雪亮的匕首。这可把宫女们吓傻了，天哪，自刎也好，刺人也好，后果都是不堪想象的。

　　她们慌忙跑到皇后富察氏那里，不敢隐瞒，把这种种见闻一五一十地交代清楚。皇后也觉得事态严重，但又想不出什么办法。自从香妃过来之后，皇帝早已把她冷冷地甩在一边，不闻不问，尽管恨满心头，嘴上却绝对不敢露出半个"不"字。最后，倒是乾隆的母亲——皇太后钮钴禄氏，一锤定了音：设法除掉她！因为她了解自己的儿子，极端任性，当面一定劝他不转，莫如下个狠心，干脆来个"釜底抽薪"，也就断了他想望的念头。于是，趁乾隆皇帝到天坛祭天之时，安排两个太监，悄悄地在宝月楼把香妃绞死了。"郁郁佳城，中有碧血"。哀哉！

　　因为一切都是太后策划的，乾隆皇帝也不便发作，只是，终日惨然寡欢，忪忪忡忡，失魂落魄一般。他现在唯一能做的，就是吩咐太监将香妃用上好棺木装殓起来，找个风景绝佳、环境幽静的地方埋葬下。于是，右安门内的南下洼，陶然亭北的土坡下，便有一座新坟掩映在荒烟蔓草里，给后世才人留下了无尽的遐思，缠夹不清的话题。"碧亦有时尽，血亦有时灭，一缕香魂无断绝。"如此而已。

　　依皇帝旨意，原本要在这里建一座规模宏丽的陵寝，设计方案已经定下，但未及开工就停下了。1933 年，清代著名工匠曹发达的后裔曹献瑞，迫于生计，将祖传下来的清朝各项工程图样转卖给北平图书馆与中法大学。整理图卷过程中，人们发现了一篇《香妃陵工图说》，详细记载了奉旨设计年月、工程图案、陵园地址，以及因太后干预，未能动工等情由。经核对，图样中所标示的地址正与香冢所在地点完全吻合。但是，"四十五言铭古冢，埋香瘗恨总模糊。"——那座短碣上的"瘗香铭"究竟刻在何时，是不是安葬当时就立下了？铭文出自谁人之手？如何索解？一切一切，都已为历史的烟尘所湮没，成了一个无人能够破解的谜团。"是耶？非耶？化为蝴蝶。"

五

雪已经停了，陶然亭公园内依旧见不到几个人影。我一时还无意离开，便在香冢周围随意地闲步，忽然联想起流传在域外的一桩故实。人世间的事情，往往是无独有偶，呈现意外的巧合，说来也是蛮有意味的。

十多年前，我在前苏联的雅尔塔，参观过一处著名古迹巴赫奇萨拉伊，这里曾是古克里米亚汗国的首都。在始建于16世纪初的鞑靼王基列伊的宫殿的旁边，有一座非常显眼的用白色大理石镶嵌的喷泉，上面高悬着一钩金属锻造的弯弯新月，相传是基列伊国王为寄托他对痴情苦恋的一位波兰郡主的哀思而修建的。整整过去了三百年之后，伟大诗人普希金有克里米亚之行，从一位女友那里听到了这个动人的传说，于是，花费三年时间，把它写成了一部题为《巴赫奇萨拉伊的喷泉》的著名长诗。后来，剧作家又把它改编成一台名叫

《泪泉》的四幕芭蕾舞剧。

　　剧情是这样的：波兰郡主玛丽雅·波托茨卡娅聪明美丽，活泼可爱，有一个幸福的童年；不料灾祸突然降临——可汗基列伊率领鞑靼大军像河水一样涌进了波兰，父王惨遭杀害，郡主本人也成了俘虏，被关在巴赫奇萨拉伊的豪华宫殿里。后宫里有无数妖姬美妾，可是无论哪一个，可汗都没有动心，甚至连年轻美貌的皇后莎莱玛也抛在脑后了。唯一情有独钟的是那个外来的波兰郡主。但这只是一厢情愿，玛丽雅却对可汗冷峻得像一块铁石，一柄利剑。这天晚上，可汗又来到玛丽雅郡主身旁，摘掉了王冠，脱下了斗篷，显得殷勤备至，恭谨有礼，可是，玛丽雅却全然不理不睬，憎恨他剥夺了她的自由和欢乐，葬送了美妙的青春。可汗无奈，只好悻悻然离去。玛丽雅在无边的孤寂中静静地睡去。这时，王后莎莱玛像幽灵一样走过来了，她发现可汗的王冠和斗篷留在那里，又看到郡主梦中伊甸园天使般的幸福的笑容，顿时妒火高燃，再也控制不住自己了，抽出利刃，向郡主的胸膛刺去，一场惨痛的悲剧终于酿成了。可汗看到这种惨状，愤怒得简直要发疯了，当即命令卫士将王后抛入大海，予以最严厉的惩罚。为了寄托对玛丽雅郡主的无尽哀思，在王宫幽静的一角，修建了一座喷泉。

　　……

　　从"记忆之宫"里转游出来，我朝陶然亭公园的大门走去，最后向香冢投去依依惜别的目光。这两个影像——香冢与泪泉，已经在我的脑海里叠合在一起：

两个同样的惊才绝艳又志高行洁的女郎；

她们同样被迫离开可爱的家园，被幽禁在皇宫深处；

她们面对的是两个同样贪婪好色的独裁者；

同样因为酷爱个性自由和人格独立而坚贞不屈；

最后又遭遇同样悲惨的下场——死在两个同样凶狠毒辣的女人手里；

特别是，一瞑之后，同样没有身名俱亡，幸遇文坛知己，写下了各自的《瘗香铭》，使她们像两盏耀眼的明灯，闪烁在封建专制王朝幽暗的夜空里。

（2003年）

情在不能醒

一

　　初秋的傍晚，清爽中已经微微地透着一些凉意了。我信步走进京西阜成门外的紫竹院公园，拣了个视野开阔的地方坐了下来。斜晖一抹，弥望里，翠筱娟娟，晴波滟滟，整个园林显现出一种萧疏之美。这情调，这景色，正契合了我此时的心境。我张大了眼睛向四下里瞭望——我在刻意地搜寻着，不，应该说追寻着纳兰公子当日在此间"夜伴芳魂，孤栖僧寺"的踪迹。

　　时光毕竟已经流逝三百多年了。明明知道，失望在等待着我，到头来只能是满怀惆怅，一腔的憾惋。无奈，感情这个东西从来就是这样地不可理喻。临风吊古，无非是寄慨偿情，实质上是一种释放，有谁会死凿凿地期在必得呢？

　　尽管岁月的尘沙已经吞蚀了一切，不要说佛堂、梵刹踪迹全无，就是断壁残垣、零砖片瓦也已荡然无存，甚至连僧寺的遗址所在也难于确切地指认了；但是，我还是执拗地坐在这里，出神地遐想，从咀嚼"淅沥暗飘金井叶"、"经声佛火两凄迷"的纳兰词句中，体味他的凄恻幽怀，感受当时的苍凉况味。

这里原是明代一个大太监的茔墓地，万历初年在上面建起了一座双林禅院。清康熙十六年五月，纳兰性德的妻子卢夫人病逝后，灵柩暂时停放在禅院中，直到第二年初秋入葬纳兰氏祖茔皂荚村为止。这个期间，痴情的公子多次夜宿禅林，陪伴夜台长眠的薄命佳人度过那孤寂凄清的岁月。

> 忆生来，小胆怯空房。到而今，独伴梨花影，
> 冷冥冥，尽意凄凉。

他知道爱妻生性胆小怯弱，连一个人独自在空房里都感到害怕，可如今却孤零零地躺在冰冷、幽暗的灵柩里，独伴着梨花清影，受尽了暗夜凄凉。

夜深了，淡月西斜，帘栊黝暗，窗外淅沥潇飒地乱飘着落叶，满耳尽是秋声。公子枯坐在禅房里，一幕幕地重温着当日伉俪情深、满怀爱意的场景，眼前闪现出妻子的轻颦浅笑，星眼檀痕。他眼里噙着泪花，胸中鼓荡着椎心刺骨的惨痛，就着孤檠残焰，书写下一阕阕情真意挚、凄怆恨惋的哀词，寄托其绵绵无尽的刻骨相思。

> 心灰尽，有发未全僧。风雨消磨生死别，似曾

相识只孤檠。情在不能醒。

生死长别，幽冥异路，思恋之情虽然饱经风雨消磨，却一时一刻也不能去怀。他已经完全陷入无边的痛苦之中而不能自拔，迷离惝恍，万念俱灰。除了头上还留有千茎万茎的烦恼丝，已经同斩断世上万种情缘的僧侣们没有什么两样了。

一阕《浪淘沙》更是走不出感情的缠绕：

> 闷自剔银灯，夜雨空庭。潇潇已是不堪听。那更西风不解意，又做秋声。　　城柝已三更，冷湿银屏。柔情深后不能醒。若是情多醒不得，索性多情！

情多、多情，醒不得、不能醒……回旋婉转，悱恻缠绵。沉酣痴迷，已经到了无以自解的程度。深悲剧痛中，一颗破碎的心在流血，在发酵，在煎熬。

纳兰的妻子不仅娇好美艳，体性温柔，而且高才凤慧，解语知心。婚后，两人相濡以沫，整天陶醉得像是淹渍在甘甜的蜜罐里。随着相知日深，爱恋得也就越发炽烈。小小的爱巢为纳兰提供了摆脱人生泥淖、战胜孤寂情怀的凭借与依托。任凭他外间世界风狂雨骤，朝廷里浊浪翻腾，于今总算有了一处避风的港湾，尽可以从容啸傲，脱屣世情，享受到平生少有的宁帖。

在任何情况下，意中人乐此不疲地相互欣赏，相互感知，都是一种美的享受。朝朝暮暮，痴怜痛爱着的一双可人，总是渴望日夜厮守，即便是暂别轻离，也定然是依依相恋，难舍难分。有爱便有牵挂，这种深深的依恋，最后必然化作温柔的呵护与怜惜，产生无止无休的惦念。纳兰这样摹写将别的前夜：

> 画屏无睡，雨点惊风碎。贪话零星兰焰坠，闲了半床红被。　生来柳絮飘零，便教咒也无灵。待问归期还未，已看双睫盈盈。

夫妻双双不寐，絮语绵绵，空使灯花坠落，锦被闲置。他们也知道，这种离别皆因王事当头，身不由己，祷告无灵，赌咒也不行，生来就是柳絮般飘泊的命了。既然分别已无可改变，那就只好预问归期了，可是，她还没等开口，早已就秋波盈盈，清泪欲滴了。一副小儿女婉媚娇痴之态，跃然纸上。

二

在旧时代，即使是所谓的"康熙盛世"，青年男女也没有恋爱自由，只能像玩偶似的听凭父母之命、媒妁之言的随意摆布；至于皇亲贵胄的联姻往往还要掺杂上政治因素，情况就更为复杂了。身处这样的苦境，纳兰公子居然能够获得一位如意佳人，实现美满的婚姻，不能不说是一桩幸事。不过，

"造化欺人"，到头来他还是被命运老人捉弄了——称心如意的偏叫你胜景不长，彩云易散。一对倾心相与的爱侣，不到三年时光，就生生地长别了，这对纳兰公子无疑是一场致命的打击。

脉脉情浓，心心相印，已经使他沉醉在半是现实半是幻境的浪漫主义爱河之中，想望的是百年好合，白头偕老。而今，一朝魂断，永世缘绝——这个无情的现实，作为未亡人，他是无论如何也接受不了的。因而，不时地产生幻觉，似乎爱妻并没有长眠泉下，只是暂时分手，远滞他乡，"影弱难持，缘深暂隔，只当离愁滞海涯"；他想象着会有那么一天："归来也，趁星前月底，魂在梨花。"当这一饱含着苦涩味的空想成为泡幻之后，他又从现实的想望转入梦境的期待，像从前的唐明皇那样，渴望着能够和意中人梦里重逢。虽然还不是"悠悠生死别经年，魂魄不曾来入梦"，但却总嫌梦境过于短暂，惊鸿一瞥，瞬息即逝，终不惬意。

一次，他梦见妻子淡装素服，与他执手哽咽，临行时吟出两句诗："衔恨愿为天上月，年年犹得向郎圆。"醒转来，他悲痛不已，题写了一首《沁园春》词：

> 瞬息浮生，薄命如斯，低徊怎忘？记绣榻闲时，并吹红雨，雕阑曲处，同倚斜阳。梦好难留，诗残莫续，赢得更深哭一场。遗容在，只灵飙一转，未许端详。　　重寻碧落茫茫。料短发、朝来定有霜。便人间天上，尘缘未断；春花秋叶，触绪

还伤。欲结绸缪，翻惊摇落，两处鸳鸯各自凉。真
无奈，把声声檐雨，谱出回肠。

这样一来，反倒平添了更深的怅惘。有时想念得实在难
熬，他便找出妻子的画像，翻来覆去地凝神细看，看着看着，
还拿出笔来在上面描画一番，结果是带来更多的失望：

凭仗丹青重省识，盈盈，一片伤心画不成。

他几乎无时无日不在悲悼之中，特别是会逢良辰美景，
更是触景神伤，凄苦难耐。

辛苦最怜天上月。一昔（同夕）如环，昔昔都
成块。若似月轮终皎洁，不辞冰雪为卿热。

面对银盘似的月轮，他凄然遐想：这月亮也够可怜的，
辛辛苦苦地等待着，盼望着，可是，刚刚团圆一个晚上，而
后便夜夜都像半环的玉块那样亏缺下去。哎，圆也好，缺也
好，只要你——独处天庭的爱妻，能像皎洁的月亮那样，天
天都在头上照临，那我便不管月殿琼霄如何冰清雪冷，都要
为你送去爱心，送去温暖。

目注中天皎皎的冰轮，他还陡发奇想：妻子既然"衔恨
愿为天上月"，那么，我若也能腾身于碧落九天之上，不就可
以重逢了吗？可是，稍一定神，这种不现实的想望便悄然消

解了——这岂是今生可得的？

> 海天谁放冰轮满？惆怅离情。莫说离情，但值
> 凉宵总泪零。　　只应碧落重相见，那是今生！可
> 奈今生，刚作愁时又忆卿。

人处在幸福的时光，一般是不去幻想的，只有愿望未能达成，才会把心中的期待化为想象。纳兰公子就正是这样。当他看到春日梨花开了又谢的情景，便立刻从零落的花魂想到冥冥之中"犹有未招魂"，想到爱侣，期待着能够像古代传说中的"真真"那样，昼夜不停地连续呼唤她一百天，最后便能活转过来，梦想成真。于是，他也就：

> 为伊判作梦中人，长向画图清夜唤真真。

妻子的忌日到了，他设想，如果黄泉之下也有阳世间那样的传邮就好了，那就可以互通音讯，传寄信息，得知她在那里生活得怎么样，与谁相依相伴，有几多欢乐、几多愁苦：

> 重泉若有双鱼寄，好知他年来苦乐，与谁
> 相倚？

情到深处，词人竟完全忽略了死生疆界，迷失了现实中的自我。意乱情迷，令人唏嘘感叹。一当他清醒过来，晓得

这一切都是无效的徒劳，便悲从中来，辗转反侧，彻夜不能成眠。但无论如何，他也死不了这条心，便又痴情想望：今生是相聚无缘了，那就寄希望于下一辈子，"待结个他生知己"；可是，"还怕两人俱薄命，再缘悭、剩月零风里"——像今生那样，岂不照例是命薄缘浅，生离死别！

他就是这样，知其不可而为之，非要从死神手中夺回苦命的妻子不可。期望—失望—再期望—再失望，一番番的虔诚渴想，痛苦挣扎，全都归于破灭，统统成了梦幻。最后，他只能像一只遍体鳞伤的困兽，卧在林荫深处，不停地舐舐着灼痛的伤口，反复咀嚼那枚酸涩的人生苦果。

他正是通过这种层层递进的痴情泛溢，这种超越时空的内心独白，这种了无遮拦的生命宣泄，把一副哀痛追怀、永难平复的破碎的情肠，将一颗永远失落的无法安顿的灵魂，一股脑儿地、活泼泼地摊开在纸上。真是刻骨镂心，血泪交迸，令人不忍卒读。

三

不堪设想，对于皈依人间至纯至美的真情的纳兰来说，失去了爱的滋润，他还怎能存活下去？爱，毕竟是纳兰情感的支柱，或者说，纳兰的一生就是情感的化身。他是一个为情所累，情多而不能自胜的人。他把整个自我沉浸在情感的海洋里，呼吸着，咀嚼着这里的一切，酿造出自己的心性、情怀、品格和那些醇醪甘露般的千古绝唱。他为情而劳生，为情而赴死，为了这份珍贵的情感，几乎付出了全部的心血与泪水，直到最后不堪情感的重负，在里面埋葬了自己。

这种专一持久、生死不渝、无可代偿的深爱，超越了两性间的欲海翻澜，超越了色授魂与，颠倒衣裳，超越了任何世俗的功利需求。这是一种精神契合的欢愉，永生难忘的动人回忆、美好体验和热情期待，一朝失去了则是刻骨铭心的伤恸。

情为根性，无论是鹣鲽相亲的满足，还是追寻于天地间而不得的失落，反正纳兰哭在、痛在、醉在他的爱情里，这是他心灵的起点也是终点，在这里，他自足地品味着人生的千般滋味。

生而为人，总都拥有各自的活动天地，隐藏着种种心灵的秘密，存在着种种焦虑、困惑与需求，有着心灵沟通的强烈渴望。可是，实际上，世间又有几人能够真正走入自己的梦怀？能够和自己声应气求，同鸣共振？哪里会有"两个躯体孕育着一个灵魂"？"万两黄金容易得，知音一个也难求！"即使有幸偶然邂逅，欣欣然欲以知己相许，却又往往因为横着诸多障壁，而交臂失之。

当然，最理想的莫过于异性知己结为眷属，相知相悦，相亲相爱，相依相傍。但幸福如纳兰，不也仅是一个短暂而苍凉的"手势"吗？

不过，也多亏是这样，才促成纳兰以其绝高的天分、超常的悟性，把那宗教式的深爱带向诗性的天国；用凄怆动人的丽句倾诉这份旷世痴情。有人说，一个情痴一台戏。作为情痴的极致，纳兰性德在其短暂生涯中，演足了这出戏，也写透了这份情。"情在不能醒"，多少为情所困的痴男怨女，千百年来，沉酣迷醉在他的诗句之中。

艺术原本是苦闷的象征。《老残游记》作者刘鹗有言：

> 灵性生感情，感情生哭泣。《离骚》为屈大夫之哭泣，《庄子》为蒙叟之哭泣，《史记》为太史公之哭泣，《草堂诗集》为杜工部之哭泣。
>
> 王实甫寄哭泣于《西厢》，曹雪芹寄哭泣于《红楼梦》。

那么，纳兰性德呢？自然是寄哭泣于《饮水词》了。

作为一位出色的词人，纳兰公子怀有一颗易感的心灵，反应敏锐，感受力极强，因而他所遭遇与承受的苦闷，便绝非常人所可比拟。为了给填胸塞臆的生命苦闷找出一条倾泻、补偿的情感通道，他选定了诗词的形式，像"神瑛侍者"那样，誓以泪的灵汁浇灌诗性的仙草。

在经历过深重难熬的精神痛苦之后，词人不是忘却，也没有逃避，而是自觉强化内心的折磨，悟出人生永恒的悖论，获取了精神救赎的生命存在方式。在这里，他把爱的升华同艺术创造的冲动完美地结合起来，以诗意般的情感化身展现出生命的审美境界，把个体的生命内涵表现得淋漓尽致，从而结晶出一部以生命书写的悲剧形态的心灵史，它真纯、自然、深婉、凄美，突破了时空限制，具有永恒的价值。

　　纳兰公子是"性情中人"，有一颗平常心。他听命于自己内心的召唤，时刻坦露着真实的自我，在污浊不堪的"乌衣门第"中，展现出一种新的人格风范。他以落拓不羁的鲜明的个性之美和超尘脱俗的人格魅力，以其至真至纯的清淳内质，感染着、倾倒着后世的人们。尽管他像夜空中一颗倏然划过的流星，昙花一现，但他的夺目光华却使无数人为之心灵震撼。他那中天皓月般的皎皎清辉，荡涤着、净化着也牵累着、萦系着一代代痴情儿女的心魂，人们为他而歌，为他而泣，为他的存在而感到骄傲。

　　在今天，纳兰实际上已成为解读诗性人生的一种文化符号，有谁不为这种原始般的生命虔诚而永远、永远地记怀着他。难怪他在京华年少中拥有那么庞大的追星族。当然，也不限于北京，就在我的身边也同样存在。那天，应邀在市图书馆举行《纳兰性德及其饮水词》讲座，我刚刚走下讲台，就见听众席上走出一个女孩子，递过来一摺纸页。打开一看，原来是一首即兴诗：

从他身上 / 看到自身存在的根源 /

据说 / 他 / 就在我的前边 /

距离不近 / 可也不能算远 /

往事虽在时间之外 / 空间代价却是时间 /

只要一朝 / 获得超光的时速 /

那就坐上飞船 / 追寻历史 /

赶上三百年前 / 参加过渌水亭诗会 /

再在太空站上／共进晚餐——我和纳兰

清代学人陈其泰评论《红楼梦》时说过："宝玉温存旖旎，直能使天下有情人皆为之心死。"那他比起纳兰公子，又怎样呢？

（2003年）

"遗编一读想风标"

一

宋代杰出的政治家、改革家、文学家王安石写过一首题为《孟子》的怀古诗：

> 沉魄浮魂不可招，遗编一读想风标。
> 何妨举世嫌迂阔，故有斯人慰寂寥。

孟子（前372—前289），名轲，邹人，战国时期伟大的政治家、思想家、教育家，被尊为"亚圣"。他是鲁国贵族孟孙氏的后裔；幼年家境贫困，父亲早丧，强毅而有卓识的母亲，"三迁择邻"、"断织劝学"，煞费苦心，将他抚养成人。孟子私淑孔子，为孔子之孙子思的再传弟子。《史记》本传称，他游说齐王，未能见用，转赴梁国，惠王认为他的主张"迂远而阔于事情"（远离实际，不合时用）。"当是之时，秦用商君，富国强兵；楚、魏用吴起，战胜弱敌；齐威王、宣王用孙子、田忌之徒，而诸侯东面朝齐。天下方务于合从（纵）连横，以攻伐为贤，而孟轲乃述唐、虞、三代之德，是以所如者不合。退而与万章之徒，序《诗》、《书》，述仲尼之意，作《孟子》七篇"。

对于孟子，王安石是拳拳服膺、衷心景仰的。只是，"往事越千年"，斯人早已成了"沉魄浮魂"，无法"复其精神，延其年寿"（《楚辞·招魂》句），只能想望其风标（品格、风致）于《孟子》遗编了。"何妨"一句，道尽了孟子，也包括诗人自己雄豪自信、卓尔不群的气概与无所畏惧，"虽千万人，吾往矣"的坚定意志。诗人引孟子为知音与同道，最后以沉郁之语作结：毕竟还有这位前贤往哲足堪慰我寂寥！

说到孟子的风标，最显眼的是其政治抱负远大，高自期许，非常自负。他以孔子的继承人自任，指出：从尧、舜至于孔子以来，具有一条圣人、王者绵延相承的根脉；"五百年必有王者兴"，尧、舜至商汤，商汤至周文王，周文王至孔子，都是五百余年，"由周以来，七百有余岁矣，以其数，则过矣，以其时考之，则可矣"。接下来，他直白地挑明：上天若是不想让天下治平，那就罢了；"如欲平治天下，当今之世，舍我其谁也？"

一次，门人公孙丑将他与管仲、晏婴相比。因为二人都是齐国著名的政治家，辅佐君主，富国强兵。孟子却大不以为然，说：你真是一个齐国人，只知道这个管、晏！当年曾子的儿子曾西，鉴于管仲得到齐桓公那么专一的信任，执政那么长久，功业却如此卑微，因而很不高兴同他相比。连曾西都不肯，你以为我就能愿意吗？其实，管仲辅佐齐桓公"九合诸侯，一匡天下"，就常理而言，功业并不能说卑微，只是由于他只兴霸业而不施仁政，所以，不为儒学宗师所认可。在另外场合，孟子还曾说过：齐王如果用我，何止是齐国人民可以安享太平，"天下之民举安"。时人景春认为魏国的纵横家公孙衍、张仪是真正的大丈夫："一怒而诸侯惧，安居而天下熄（兵戈止息）"。孟子同样不以为然，并斥之为"以顺为正（以顺从为正宗）者，妾妇之道也"。

　　孟子雄强善辩，傲岸不群，在君王、权贵面前，尤其注重自己的身份，不肯屈身俯就。一天，孟子准备去朝见齐王，恰巧，齐王派了一个人来跟孟子说：我本应该来看你，但是感冒了，不能吹风，如果你肯来朝，我便也临朝办公。孟子觉得齐王是摆架子，"感冒"云云，不过是托词。于是，他对使者说：请你回去跟君王讲，我也闹病了，不能前去朝廷。第二天，孟子要到东郭大夫家里吊丧。公孙丑提醒他，说：老师，昨天您托词有病，谢绝齐王的召见，今天又要出去吊丧，这大概不好吧？孟子说，那有啥！昨天患病，今天好了。孟子出门后，齐王派人来探视，并带来了医生。这将如何处置？跟着孟子学习的孟仲子只好出面应付，说：先生的病今天好了一点，已经上朝了，不晓得他是否已经到达。接着，孟仲子就派人在孟子回家的路上拦截，告诉他不要回家，赶紧上朝。孟子没有办法，只好躲到齐国大夫景丑家去借宿。

　　景丑便同他交谈，说：内则父子，外则君臣，这是重大的伦常关系。父子主恩，君臣主敬。可是，我只看见齐王对你很敬重，却没看见你怎么尊敬他。孟子说：在齐国人中，没有谁以仁义之道向齐王进言；他们并非认为仁义不好，而是觉得其王不足以谈仁义。这才是最大的不敬！我呢，不是尧舜之道不敢以之进言，所以，要说尊敬君王，没有谁能赶上我。景丑说：我指的不是这个。《礼》云：臣子听到君主召唤，应该立即动身，不能等待驾好车子再走。你本来准备上朝，一听说齐王召唤，反而不去了，这于礼不合吧？孟子引证曾子的话作答：晋、楚之富，不可及也。不过，他们凭的是富，我行的是仁；他们倚仗的是爵位，我抱持的是仁义。我为何会觉得欠缺什么？随之，孟子阐明：天下尊贵者有三：爵位、年齿、德行。在朝廷上，先论爵位；在乡里中，先论年齿；至于辅佐君王，当以德行为上。所以，大有作为的君主，一定有他不能召唤的大臣，遇有要事请教，应该亲自前去，以彰显其尊德敬贤之诚。

　　孟子清高自持，刚正不阿。齐国大夫公行子家里办丧事，右师（齐之贵臣，六卿之长）王往吊，一进门，就有人趋前与之交谈，入座后，还有人跑到他的旁边献殷勤。孟子当时也在场，他们原本相识，却"独不与言"。右师不悦，怪他有意简慢。孟子听了，说：《礼》云："朝廷不历（跨）位而相与言，不逾（越）阶而相揖也。"我是依礼而行。也是在齐国，齐王馈赠百镒上好的黄金，孟子拒绝接受。弟子陈臻诘问，答曰：这笔钱送的没有理由。没有理由送钱，等于用贿赂收买我。

哪里有君子可以拿钱收买的呢？

二

孟子这样做，不只是维护一己的身份与尊严，而是代表了士这一阶层的群体自觉，体现着士的主体性。当代著名学者牟钟鉴认为，孟子最大的贡献，是确立士人的独立品格，提升了他们的社会地位，也升华了士人的精神境界，为中国知识分子立身处世确立了一种较高的标准。在知识分子的操守、气节方面，孟子的影响似乎比先师孔子更大一些。

春秋战国时期，群雄竞起，列国纷争，为实现富强、完成霸业，不仅凭恃武力，还迫切需求智力的支撑，所谓"三寸之舌，强于百万之师；一人之辩，重于九鼎之宝"。这样，诸侯之间便竞相"养士"，为士的活跃与发展提供了强大推动力，也形成了剧烈的竞争态势，许多士人都趋之若鹜。士，作为道义的承担者、文化的传承者，以才智用世；但是，本身却并不具备施政的权势，若要推行一己的主张，就必须解褐入仕，并取得君王的信任和倚重，而这种获得，却是以思想独立性、心灵自由度的丧失为其代价的。许多士人为致身富贵不惜出卖自己的人格，"无礼义而唯权势之嗜"（荀子语）。与此相对应，孟子适时而有针对性地倡导并坚守了一种以仁义为旨归的士君子文化。所谓士君子，也就是士阶层中那类重节操、讲道义、有风骨的优秀分子。

孟子像先师孔子一样，十分厌恶"乡原"，对这类八面玲珑、四方讨好、不讲是非与原则的欺世盗名之辈，斥之为"阉然媚于世也者"。他要求士人，"穷不失义，达不离道"；当生命与道义不可兼得时，要"舍生而取义"。"志士不忘在沟壑（不怕惨遭杀戮，弃尸山沟），勇士不忘丧其元（不怕丢掉脑袋）"，以成就其完美人格。在中国几千年的文明史上，为了社会进步、民族振兴而"成仁取义"的志士仁人，灿若群星，他们的思想都不同程度地接受了孟子的影响。

论及士人的独立品格，在封建时代，首要的是如何看待与处理君臣之间的关系。孟子强调"道尊于势"、"德重于位"；明君应"亲亲而仁民"、"贵德而尊士"。周游列国过程中，他常常不留情面地公开批评一些君主。在会见梁惠王时，当对方谈到"察邻国之政，无如寡人之用心者"，可是，国内民众却不见增多时，孟子一针见血地直戳要害，说："狗彘（猪）食人食而不知检（制约）；涂（途）有饿莩（饿死者）而不知发（指开仓救济）；人死，则曰：'非我也，岁（年成不好）也。'是何异于刺人而杀之，曰：'非我也，兵（凶器）也。'王无罪岁（不要归罪于年成不好），斯天下之民至焉。"这还觉得不够劲儿，接着，孟子又直面指斥梁惠王："庖有肥肉，厩有肥马，民有饥色，野有饿莩。此率兽而食人也。"还有一次，他对弟子公孙丑说："不仁哉，梁惠王也！"——为了争夺土地，驱使老百姓打仗，结果，尸横郊野，骨肉糜烂。

在齐国，尽管孟子出任那里的客卿，但是，对于齐宣王，他也毫不客气，竟然当面揭露其"恩足以及禽兽，而功不至于百姓"的虚假仁慈。他们还有这样一段对话：

孟子问齐宣王：如果您有一个臣子，他把妻子儿女托付给他的朋友照顾，自己出游楚国去了，等他回来的时候，却发现妻子儿女在挨饿受冻。

您说：对待这样的朋友，应该怎么办呢？

齐宣王说：和他绝交！

孟子又问了：如果您的司法官不能管理他的下属，那应该怎么办呢？

齐宣王说：撤他的职！

孟子又问了：如果一个国家治理得很糟糕，那又该怎么办呢？

"王顾左右而言他"——齐宣王十分尴尬，只好左右张望，把话题扯到一边去。

在孟子看来，商汤流放夏桀、武王讨伐殷纣，都是合乎正义的。"君有大过则谏；反复之而不听，则易位（废弃他，改立别人）"。当齐宣王问："臣弑其君，可乎？"他断然回答："贼仁者谓之贼，贼义者谓之残；残贼之人谓之一夫（独夫），闻诛一夫纣矣，未闻弑君也。"他提倡"君臣有义"，反对"愚忠"，认为忠君是有条件的，要看值不值得为他尽忠，看他怎样对待臣下。孟子明确地说："君之视臣如手足，则臣视君如腹心；君之视臣如犬马，则臣视君如国人；君之视臣如土芥，则臣视君如寇仇。"

他还说过：游说诸侯，要敢于藐视他，不要把他那一时的煊赫看得怎么了不起！他们的殿堂阶基几丈高，屋檐几尺宽；菜肴满桌；姬妾数百；饮酒作乐；驰驱田猎，跟随的车子上千辆。我如果得志，决不会这么做。他们所有的那些腐化享乐的事，都是我所不为的；我所做的都符合古代的规制。我为什么要畏惧他们呢？

他的这些肆无忌惮的言论、主张，遭致历代封建卫道者的口诛笔伐，刺孟、非孟、疑孟迭出，有的竟列出十七条罪状。宋代政治家司马光批评孟子，首要一项便是"不知君臣大义"。他说："孔子，圣人也；定（公）、哀（公），庸君也。然定、哀召孔子，孔子不俟驾而行。"意思是，对于君主，哪怕他们是庸君，至圣先师孔子都是那样地毕恭毕敬，而你孟轲却架子十足，真是不成体统！不过，最厉害的还是明朝开国皇帝朱元璋，他声言："此老"（孟轲）要是活在今天，难免会遭受酷刑的。同时指出，孟子的不少言论"非臣子所宜言"，于是，对《孟子》原文进行删节，达八十五条之多；还下令将孟子逐出文庙，罢其配享。

孟子由坚守士人独立品格，进而发展为"民本"思想，为儒学理论树起了一面鲜明的旗帜——"政在得民"。他说："得天下有道，得斯民斯得天下矣；得其民有道，得其心斯得民矣；得其心有道，（民之）所欲，与之聚之，（民之）所恶，勿施尔也"；"乐民之乐者，民亦乐其乐；忧民之忧者，民亦忧其忧。乐以天下，忧以天下，然而不王者，未之……有也！"

牟钟鉴《从孔子到孟子》一文中指出：在早期儒家代表人物中，没有哪一位比孟子更重视民众的社会作用和历史地位。孟子提出了一个超越同时代人的口号："民为贵，社稷次之，君为轻。"这个口号一经提出，便使社会震动，响彻了两千多年，成为批判君主专制的有力武器。"民贵君轻"之说，在先秦诸子中是极为罕见的，它肯定了民众是国家的主体，对于君权至上的制度具有很大的冲击力。按照孟子这一思想来设立政治体制，至少能发展出开明君主立宪制。这是孙中山提出民权主义的思想源头之一。

三

孟子十分重视心性修养、价值守护与精神砥砺，体现了士这一群体的主体自觉。

一是"养气"。宋代理学家程颐说过："孟子有功于圣门，不可胜言"，"仲尼只说一个'志'，孟子便说许多'养气'出来。只此二字，其功甚多"。"我善养吾浩然之气"，孟子指出，"其为气也，至大至刚，以直养而无害（用正义去培养而不加损害），则（充）塞于天地之间。其为气也，配义与道，无是，馁也（就疲软了）。"这种气是由正义的经常积累而产生的，不能靠突击的正义行为来取得，更不能揠苗助长。

浩然之气就是人间正气，表现为优秀的心性修养、道德情操和高尚的人格理想、精神境界。南宋杰出的民族英雄文天祥的《正气歌》，把爱国主义精神发扬到极致，彰显了作者坚贞的民族气节和死生不渝的崇高信念，可说是对于孟子浩然之气的最佳诠释。诗中列举了十二位古人气贯山河、名垂竹帛的壮烈行迹，激情洋溢地歌颂了历史上为真理和正义而斗争的志士仁人，显现浩然正气所发挥的维系天柱、地维、人伦的巨大威力——"是气所磅礴，凛烈万古存。当其贯日月，生死安足论！"《正气歌》前面有个小序，特意标出孟子的"我善养吾浩然之气"；还说："浩然者，乃天地之正气也。"就义之前，作为绝笔，他写了一个自赞，其文曰："孔曰成仁，孟曰取义。惟其义尽，所以仁至。读圣贤书，所学何事？而今而后，庶几无愧。"

除了生死关头，激励广大志士仁人，舍生取义，临难不苟；在日常生活中，"浩然之气"也曾发挥出巨大的精神能量。台湾著名学者傅佩荣讲过一则故事：20 世纪 50 年代，台湾大学经济拮据，办学条件艰难，师生生活十分贫困。傅斯年校长向学生推荐了两本书，其中第一本就是《孟子》。时值寒冬，又冷又饿，于是，大家就念《孟子》的"我善养吾浩然之气"。诵读着，议论着，就不感到冷了，肚子也忘记饿了。后来从这里走出很多知名专家、学者，他们身在域外，还经常忆起大学时代读"浩然之气"的情景。

二是"尚志"（使自己志行高尚）。孟子反复强调"从其大体"——"养其小者为小人，养其大者为大人"；"无以小害大，无以贱害贵"；"先立乎其大者，则其小者弗能夺也"。又说："养心莫善于寡欲。"按照朱熹《集注》的解释："贱而小者，口腹也；贵而大者，心志也。"可以引申为：大体，指道德修养、高尚人格，亦即居仁由义；小体，指声色货利、物质欲望。他把慕仁向义还是逞欲逐利看作是区分君子、小人的标志。当年子贡在谈到老师孔子的学问时，曾有"贤者识其大者，不贤者识其小者"之说，当与此同义。宋代理学家陆九渊，总是教人"先立乎其大"。结果有人讥讽他：除了"先立乎其大"一句，全无其他伎俩（本事）。他听了不以为忤，反而说：这个人真了解我。

三是"反求诸己"（反躬自责）。孟子传承、发展了孔门关于"自省"的圣训，进而强调：出了问题，要从自身查找原因。他说："行有不得者，反求诸己"；"仁者如射，射者正己而后发；发而不中，不怨胜己者，反求诸己而已矣"。又说："反身而诚（反躬自问，一切都是诚实无欺的），乐莫大焉。"

四是历经艰苦磨炼。孟子指出："故天将降大任于是人也，必先苦其心志，劳其筋骨，饿其体肤，空乏其身，行拂乱其所为（每一行为总是不能如意），所以动心忍性，曾（同增）益其所不能。"他特别强调忧患意识与危机感。"生于忧患而死于安乐"，这是他的名言。他还说过：人的德行、聪明、道术、才智，往往来自危险的处境，亦即种种灾患。只有那些孤立之臣、庶孽之子，"其操心也危，其虑患也深"，方能通晓事理，练达人情。

五是升华人生境界。孟子有言："可欲之谓善，有诸己之谓信，充实之谓美，充实而有光辉之谓大，大而化之之谓圣，圣而不可知之之谓神。"这段话意蕴丰富，不太好懂，其实说的是人生的六种境界：第一层是善——值得喜欢，使人觉得可爱，这就是善（也就是好）；第二层是信——好处实实在在，令人信服、信任；第三层是美——那些好处充满于他本身，当然美；第四层是大——不只充实，而且辉耀四方，发扬光

大；第五层是圣——大而能化，融化贯通，是为化境；第六
层是神——圣德到了神妙不可测量的高度，此乃至上境界。

四

孟子很看重士君子的社会责任，说：士人出来任职做官，
为社会服务，就好像农夫从事耕作一样，这是他的职业。士
之出仕，"天下有道，以道殉身（政治清明，道为己所运用）；
天下无道，以身殉道（政治黑暗，不惜为道献身）"；士君子
应该"居天下之广居（仁），立天下之正位（礼），行天下之
大道（义）；得志，与民由之（偕同百姓循着大道前行），不
得志，独行其道。富贵不能淫，贫贱不能移，威武不能屈，
此之谓大丈夫"。

与列国争霸、以攻伐为能事形成尖锐的对立，孟子坚持
仁政学说、德治思想，把修身与为政、伦理与政治、仁政主
张与民本思想结合起来，走"仁者爱人"、"以德服人"之路。
倡导省刑罚，薄税敛，使民以时，取民有制；以"老吾老以
及人之老，幼吾幼以及人之幼"的推恩办法治民施政，这样
才能得民心，无敌于天下。呼吁君王"贵德尊士"，"尊贤使
能，俊杰在位，则天下之士皆悦，而愿立于其朝矣"。强调重
教育，"觉斯民"，"善政不如善教之得民也。善政，民畏之；
善教，民爱之。善政得民财，善教得民心"；他把"得天下英
才而教育之"，奉为人生至乐。

为了推行自己的政见，建立理想型社会，孟子终其一生，

宣扬教化，尚志笃行。学成之后，先是在邹国授徒设教；过了四十岁，开始其政治生涯，出邹、游齐、过宋、适梁、访滕、入薛、至鲁，为卿于齐，最后归邹。其间，他曾会见过齐威王、宋王偃、滕文公、邹穆公、鲁平公、梁惠王、梁襄王、齐宣王等多位君主。每至一国，都曾积极建言、热情论辩、肆意批评，但其政见、主张终竟未得施行，不免到处碰壁；最后，只好黯然归隐，二十多年致力于教育与著述。这一经历，与先师孔子相似，但二者相较，还是孔子的际遇差强一些，毕竟出任过中都宰、司空、大司寇，还曾代理过相职；而孟子只当过短期的客卿，空有壮志宏图，未曾得偿于百一。在致力于帮助各国诸侯结束战乱、实现统一、实施仁政，亦即推行其王道主义的理想政治方面，无疑他是彻底失败了。

当然，若从长远和根本上看，他同孔子一样，立德立言，垂范后世，功在千秋，又确是伟大的成功者。已故著名哲学家金岳霖先生说过："一位杰出的儒家哲人，即便不在生前，至少在他死后，是无冕之王，或者是一位无任所大臣，因为是他陶铸了时代精神，使社会生活在不同程度上得到维系。"在讲学、著述中，孟子总结前代与当世治乱兴亡的规律，在如何对待人民这一根本性问题上，提出了"民贵君轻"、"保民而王"、以仁政与民本为核心的富有民主性精华的思想，首倡心性之学，确立士人独立品格，发展了孔子的思想、学说，为后世留下了宝贵的精神财富。

关于孟子思想的当代价值，著名哲学家陈来教授指出：

在孟子那里，仁爱不仅仅是个人的道德，也是社会的价值。他把原来孔子重点放在个人道德、修身这方面的仁，扩大到整个社会。在社会的层次上来讲仁爱，这个就是仁政，就变成了治国理政的一个根本法则，变成一个社会的价值。最近，习近平总书记谈到，中华优秀文化的基本价值有六条，其中的第一条、第二条：讲仁爱，重民本，都跟孟子有特别直接的关系。就是说，孟子思想对于我们涵养社会主义核心价值，能够提供一个最直接、最重要的源泉与基础。

（2015年）

守护着灵魂上路

一

踏上这片土地，我完全认同国际友人路易·艾黎的评语：长汀是中国最美的小城之一。在这里，我除了饱游饫看蕴涵着典型的客家文化精髓的街衢、建筑，还有幸亲炙了瞿秋白烈士的遗泽，浸染于一种浓烈的人文氛围，在满是伤痛的沉甸甸的历史记忆中，体会其独特而凄美的人生况味。

秋白同志被捕后，囚禁于国民党第三十六师师部。这里，宋、元时期是汀州试院，读书士子的考场；数百年后倒成了一位中国大知识分子的精神炼狱。而今庭院萧疏，荒草离离，唯有两株黛色斑驳的古柏傲立在苍穹下，饱绽着生命的鲜活。它们可说是阅尽沧桑了，我想，假如树木的年轮与光盘的波纹有着同样的功能，那它一定会刻录下秋白烈士的隽雅音容。

囚室设在整座建筑的最里层，是一间长方形的木屋。推开那扇油漆早已剥落、吱呀作响的房门，当年的铁窗况味宛然重现。简陋的木板床，未加漆饰的办公桌，几支毛笔、一方石砚，刻刀、烟灰缸等都原封未动地摆放着。

环境与外界隔绝，时间也似乎凝滞了，一切都恍如隔世，一切却又好像发生在昨天。刹那间竟产生了幻觉：依稀觉得这里的临时"主人"似乎刚刚离座，许是站在旁边的天井里吸烟吧？一眨眼，又仿佛瞥见那年轻、秀美的身姿，正端坐在昏黄的油灯下奋笔疾书。多么想，拂去岁月的烟尘，凑上前去，对这位内心澎湃着激情，用生命感受着大苦难，灵魂中承担着大悲悯的思想巨人，作一番近距离的探访和恣意的长谈啊！然而，覆盖了半个墙壁的绝笔诗、就义地、高耸云天的纪念碑等大量图片，在分明地提示着：哲人其萎，已经永远永远地离开我们了。

当中华民族陷于存亡绝续的艰危境地，他怀着"为大家辟一条光明之路"的宏愿，走出江南小巷，纵身投入到革命洪流中去。事业是群体的，但它的种种承担却须落实于个体，这就面临一个角色定位的个人抉择问题。当时，斗争环境错综复杂，处于幼年时期的党还不够成熟，而他，在冲破黑暗、创造光明的壮举中，显示出"春来第一燕"和普罗米修斯式的播火者的卓越才能，于是，便不期然而然地被推上了党的最高领导岗位。

就气质、才具与经验而言，他也许未必是最理想的领袖人选。这在他是有足够的自知之明的。但形格势禁，身不由己，最终还是负载着理想的浩茫，"犬代牛耕"，勉为其难。他没有为一己之私而消解庄严的历史使命感。结果，"千古文章未尽才"，演出了一场庄严壮伟的时代悲剧。

天井中，当年的石榴树还在。触景生情，不由得忆起秋白写于狱中的《卜算子》咏榴词。"寂寞此人间，且喜身无主。眼底云烟过尽时，正我逍遥处。"身陷囹圄，远离革命队伍，不免感到孤独寂寞，所幸此身未受他人主宰，仍然保持着人格的独立，灵魂的圣洁。这样，当审讯、威逼、利诱、劝降等烟雾云霾纷纷过尽时，自己便可以在向往的归宿中自在逍遥了。"花落知春残，一任风和雨。信是明年春再来，应有香如故。"尽管这灿若春花的生命，在风刀雨箭般的暴力摧残下归于陨灭；但信念必胜，一如春天总会重来。

他坚信："假使他的生命融化在大众里面，假使他天天在为这世界干些什么，那么，他总在生长，虽然生老病死仍旧是逃避不了，然而他的事业——大众的事业是不死的，他会领略到'永久的青年'。"

二

隔壁就是汀州宾馆。回到下榻处，我再次打开秋白烈士在生命的最后时刻留给我们的灵魂自白——《多余的话》，更真切地走进他的精神深处，体验那种灵海煎熬的心路历程。

秋白以"知我者谓我心忧，不知我者谓我何求"这句古诗作为开头语，揭橥了他的浓烈的忧患意识与担当精神，这是他长期以来耿耿不能去怀的最大情结，也是中国知识精英的共同心态。

　　想到为之献身的党的事业前路曲折、教训惨重，他忧心忡忡；对于血火交迸中的中华民族的重重灾难，他深切反思。他以拳拳之心"担一份中国再生时代思想发展的责任"，感到有许多话要说，如鲠在喉，不吐不快；可是，处于铁窗中不宜公开暴露党内矛盾的特殊境况，又只能采取隐晦、曲折的叙述策略。

　　在语言的迷雾遮蔽下，低调里滚沸着情感的热流，闪烁着充满个性色彩的坚贞。他以承荷重任未能恪尽职责而深感内疚；也为自己身处困境，如同一匹羸弱的马负重爬坡，退既不能，进又力不胜任而痛心疾首。这样，心中就蓄积下巨大而深沉的痛苦。

　　至于一己的成败得失，他从来就未曾看重，当此直面死亡、退守内心之际，更是薄似春云，无足顾惜了。即使是历来为世人所无比珍视的身后声名，他也同样看得很轻，很淡。当然，这并不意味着他无视个人名誉。他说过，人爱惜自己的历史比鸟爱惜自己的羽毛更甚。只是，他反对盗名欺世，徒有虚声，主张令名、美誉必须构筑在真实的基础上。

　　他是我国无产阶级文学艺术当之无愧的奠基人，可是，却自谦为"半吊子文人"。这里没有矫情，只是不愿虚饰。他认为，价值只为心灵而存在。人，纵使能骗过一切，却永远无法欺蒙自己。一瞑之后，倘被他人谬加涂饰，纵使是出于善意，也是一种伤害，更是一种悲哀。

　　真，是他的生命底色。他把生命的真实与历史的真实看得高于一切，重于一切，有时达到过于苛刻的程度。为着回归生命的本真，保持灵魂的净洁，不致怀着愧疚告别尘世，他"有不能自已的冲动和需要"，想要"说一些内心的话，彻底暴露内心的真相"。于是，以其独特的心灵体验和诉说方式，向世人托出了一个真实而完整的自我，对历史做出一份庄严的交代。这典型地反映出中国知识分子的本质特征，也是现时日渐式微的一种高尚品格，因而弥足珍重。

他的信仰是坚定的，从来没有说过一句否定革命斗争的话，但也不愿挺胸振臂做烈士状，有意地拔高自己。他要敞开严闭固锁的心扉，显现自己的本来面目。当生命途程濒临终点的时候，他以足够的勇气和真诚，根绝一切犹豫，把赤裸裸、血淋淋的自我放在显微镜下，进行毫不留情的剖析和审判。

他光明磊落，坦荡无私，在我们这个还不够健全的世界上，以一篇《多余的话》和一束"狱中诗"，亮相了自己未及完全脱壳的凡胎俗骨。在敌人与死神面前，他是一条铁骨铮铮的硬汉子；而当直面自己的真实内心时，他更是一个真正的强者，真正的勇士。

文人从政，在中国有着悠久传统。囿于自身的局限性，以及文人与政治不易调谐的矛盾，颠扑倾覆者屡见不鲜。可是，又有谁能够像秋白烈士那样，至诚无伪地痛切反思，拷问灵魂，鞭笞自我呢？自省这一苦果，结蒂在残酷的枝头。敌人迫害，疾病磨折，都无法同这种灵魂的熬煎、内心的碾轧相比。

"君子坦荡荡"，映现出一种难以企及的人生境界。我想，一个如此勇于赤诚忏悔的人，内在必然存有一种坚定的信仰追求和沛然莫之能御的自信力与自制力，有一种把灵魂从虚饰的包裹中拯救出来的求真品格。对于当下充满欲望、浮躁、伪饰而不知忏悔、自省为何物的时代痼疾，这未始不是一剂针砭的药石。

三

一端是当年的汀州狱所，一端是罗汉岭前的刑场——往返于这段不寻常的路上，我反复思考着这样一个问题：迂回婉转的《多余的话》与显现着劲节罡风的慷慨捐躯，不也同样构成了相映生辉的两端吗？它们所形成的色彩鲜明的反差，恰恰代表了秋白烈士的两种格调、两种风范的丰满而完整的形象，展现出这位"文人政治家"的复杂个性与充满矛盾的内心世界。

人之不同，其异如面。有的单纯，有的驳杂；有的渊深莫测，有的一汪清浅。而在复杂、内向的人群中，许多人由于深藏固闭，人格面具遮蔽过严，他人是无法洞悉底里的。作为赋性深沉的时代精英，秋白可说是一个例外。

在毕命前夕，他即使不愿作惊风雨、泣鬼神的正义嘶吼，也完全可以选择"天地有大美而不言"的沉默。可是，他不，偏偏以稀世罕见的坦诚，毫不掩饰、一无顾忌地展露自我，和盘托出丰富的内心世界与多棱多面的个性特征——沉重的忧心与大割大舍大离大弃的超然，执着而坚定的信念与苦闷、困惑、无奈的情怀，高尚的品格与人性的弱点，夺目的光辉与潜伏的暗影……

犹如悬流、激湍是由水石相激而产生的，这种复杂而丰富的内心世界，也是主客观相互作用的产物。秋白烈士以文人身份登上政治舞台，不可避免地会遭遇到种种尖锐的内在冲突，诸如非自觉的积习与自觉的理智，一己之所长与整体需要，自我精神定向与社会责任，结构决定性与个人主体性之间所形成的内在矛盾，等等。

而他的出处、素养、个性、气质，更为这种矛盾冲突预伏下先决性因子。他是文人，却不单纯是传统的文人或现代知识分子，而是革命文化战士；他是政治家，却带有浓重的文人气质，迥异于登高一呼、叱咤风云的统帅式人物。这样，也就决定了他既能毫无保留地献身于革命事业，却又执着于批判精神、反思情结、忏悔意识、浪漫情怀等文人根性，烙印着现代知识精英的典型色彩。可以说，这是使他困扰终生的根本性矛盾。

长期以来，时代已经确认了那种义薄云天、气壮山河的豪情壮举，应该说，在这方面，他是做得足够完美的。不同之处在于，他还同时作了一番洞见肺肝的真情倾诉，并以充满理性光辉甚至惊世骇俗的话语，进行深沉的叩问和冷静的思考。——这就突破了既成的思维定式，有些不同凡响了。

特别是当他论及那些颇具风险性、挑战性的话题时，竟以十分浓重的艺术气质，注入了颇多的理想成分、感情色彩与个性特征，这样，就难免为"不知者"目为异端，最后遭到种种误读和批判。

其实，非此即彼、黑白绝对的思维逻辑，并不能真实认知事物的本质。"光明的究竟，我想决不是纯粹红光"（瞿秋白语）。《马赛曲》《国际歌》，英风豪迈中不也洋溢着动人心弦的悲壮与低回婉转的深情吗？从美学角度看，这丰富而复杂的人性，比起简单、纯粹来，更容易产生一种人格魅力和强大的张力，吸引人们去思索，去探究。

身为中国大变革时期的探索者、先行者，秋白烈士张扬了真正知识分子的人生境界，具有常说常新的人文价值和现实意义。我相信，即使再过去七十年以至七百年，他还会成为含蕴深厚的话题，令人回味无穷，盛说不衰。

同样，他的思想也具有一定的超前性。莫说当时，即使在几十年后的今天，那些关于灵魂、关于人生、关于生命价值的终极意义等世纪命题，仍然有着广阔的阐释论域和颇多的待发之覆，从而为现代思想史留下鲜活的印记，足以抗拒时间的流逝，恒久地矗立于历史深处。

"哲人日已远，典型在夙昔。风檐展书读，古道照颜色。"民族英雄文天祥《正气歌》中的结句，可谓实获我心：前贤已经远离开我们，可是典范长存。在短檐下展开史册来读，顿感他们的凛然正气辉映着我的面容。

四

数日勾留，我深切地感受到，革命老区长汀人民对于秋白烈士怀有极其深厚的感情，历数十年不变，父而子、子而孙地口耳相传，叙说着这座城、这条路、这一天、这个人的苍凉而壮丽的往事。在这里，我尝试着作一番复述：

历经了一场灵魂的煎熬，那郁塞于胸间的一腔积愫已全盘倾诉出来，现在，他才真正感到彻底地获得解脱，从而表现出一种从未有过的超然。

他早已超越于生死之外了。昨晚，当获知蒋介石的密令已到，刽子手即将行刑时，面容显得异常平静。停了一会儿，他站起身来，示意来人走开，并说："人生有小休息，有大休息，今后我要大休息了。"然后就安然睡下，迅即发出均匀的呼吸声，"梦行小径中，夕阳明灭，寒流幽咽，如置仙境。……"

晨曦悄悄地爬上了狱所的窗棂，屋里倏然明亮起来。他心中想着：这世界对于我们仍然是非常美丽的。一切新的、斗争的、勇敢的都在前进。当然，任何美好事物的争得，都须偿付足够的代价。为此，许多人踏上了不归之路。

这样，他，也就守护着灵魂上路了。

一袭中式黑色对襟衫、齐膝的白布短裤，长筒线袜、黑色布鞋，目光里映射着理想的幽深，香烟夹在指间，一副泰然自若的神情。尽管结核病已经很重了，几个月的心力交瘁更折磨得他十分虚弱，可是，看上去，仍然是那么伟岸，洒脱。

走出大门时，他回头看了一眼空荡荡的院落，又向荷枪环伺的军人扫视了一下，嘴角微微地翘起，似乎想说：敌人的如意算盘——征服一个灵魂、砍倒一面旗帜、摧毁一种信仰，已经全然落空；得到的只是一具躯壳。可是，"如果没有灵魂的话，这个躯壳又有什么用处？"

途经中山公园，他见凉亭前已经摆好了四碟小菜和一瓮白酒，便独坐其间，自斟自饮，谈笑自若。他问行刑者："我的这个身躯还能由我支配吗？我愿意把它交给医学校的解剖室。"原来，就连这具躯壳，他也要奉献给人民。接着就是留影——定格了他最后的风采：背着双手，昂首直立，右腿斜出，安详、恬淡中，透露出豪爽而庄严的气概，一种悲壮、崇高的美。

路上，他以低沉、凝重的声音，用俄语唱着《国际歌》，呼喊着"中国革命胜利万岁"、"共产主义万岁"等口号。到了罗汉岭前，他环顾了一番山光林影，便盘膝坐在碧绿的草坪上，面对刽子手说："此地很好！"含笑饮弹，告别了这个世界。

此刻，"铁流两万五千里"的中国工农红军，正进行着一场震古铄今、名闻中外的伟大长征。而被迫离开革命集体的秋白同志，在这长仅千余米的人生最后之旅中，也同样经受着最严酷的生命与人格的考验。"咫尺应须论万里"，这是另一种形式的伟大长征。

死亡，是人生最后的也是最为严峻的试金石。他以一死完美了人格，成全了信仰，实现了超越个人有限性的追求。烈士的碧血、精魂，连同那凄婉的"独白"，激越的歌声，潇洒从容的身姿，在他短暂而壮丽的人生中，闪现着熠熠光华。

对于他，死亡不是终结，而是完成。

（2007年）

© 王充闾   2016

图书在版编目（ＣＩＰ）数据

用破一生心 / 王充闾著. —沈阳：万卷出版公司，
2016. 9
ISBN 978-7-5470-4266-3

Ⅰ. ①用… Ⅱ. ①王… Ⅲ. ①散文集 – 中国 – 当代
Ⅳ. ①I267

中国版本图书馆CIP数据核字（2016）第192201号

出 品 人：刘一秀
出版发行：北方联合出版传媒（集团）股份有限公司
　　　　　万卷出版公司
　　　　　（地址：沈阳市和平区十一纬路25号　邮编：110003）
印 刷 者：北京鹏润伟业印刷有限公司
经 销 者：全国新华书店

幅面尺寸：146mm×210mm　　　　装　　帧：平　装
印　　张：7.5　　　　　　　　　　字　　数：180千字
出版时间：2016年9月第1版　　　印刷时间：2016年9月第1次印刷
责任编辑：王亦言　　　　　　　　责任校对：李志宇
装帧设计：张　莹
ISBN 978-7-5470-4266-3
定　　价：28.00元

联系电话：024-23284090　　　　邮购热线：024-23284050
传　　真：024-23284521　　　　E－mail：book_light@sina.com
腾讯微博：http://t.qq.com/wjcbgs　　网　址：http://www.chinavpc.com

常年法律顾问：李福　版权所有　侵权必究　举报电话：024-23284090
如有质量问题，请与印务部联系。联系电话：024-23284452